の恋愛指導

高峰あいす

RB
幻冬舎ルチル文庫

CONTENTS ✦目次✦

ひみつの恋愛指導

✦カバーデザイン＝清水香苗（CoCo.Design）
✦ブックデザイン＝まるか工房

イラスト・六芦かえで✦

ひみつの恋愛指導

長瀬和羽《ながせかずは》の所属しているゼミは、それほど学生も多くない。

なのに教授が定期的に開く勉強会と称した『飲み会』には、他の大学やＯＢに至るまで様々な人が集う。

特別に教授が有名という訳でもなく、ゼミ自体も変わった趣旨の内容でもないのに自然と人が集まり、初対面でも和気藹々《わきあいあい》と会話が楽しめる。

強制参加ではないが、やはり学生の身としては特別な用事でもない限り顔を出さないのは気まずい。

とはいえ、元々人付き合いを避けている上に、家庭の事情で二年間休学している和羽にしてみれば、誘って貰《もら》えるだけ有り難いと前向きに捉《とら》えるべきだろう。

「久しぶりだね、長瀬」

「岩井《いわい》さん。お久しぶりです」

肩を叩かれて振り返ると、和羽の数少ない友人の一人である岩井が微笑《ほほえ》んでいた。彼は既に大学を卒業しており、若くしてリゾート関連の開発を手がける会社の社長をしていると聞いている。

濃い茶髪に、フレームのない眼鏡。

いかにもインテリといった風貌《ふうぼう》なのに、話してみると意外に気さくで驚いたのが初対面での印象だ。

「隣、座るよ」

「あ、はい」

乾杯の時に座っていた女子学生は、無口な和羽に興味をなくしたのか早々に別のテーブルへと移っている。

その空いた席にちゃっかりと腰を下ろした岩井が、顔を覗《のぞ》き込んでくる。

「浮かない顔してるけど、どうしたの？」

「いえ、別に……」

「そんなこと言わずに、悩みがあるなら話してみろ。お兄さんが何でも聞いてやるぞ」

決して強制している訳ではないのに、殻に閉じこもりがちな和羽でさえ身の上話がしたくなる不思議な雰囲気の持ち主だ。

しかしそれ以上に、彼と打ち解けているのには理由がある。初めてゼミの飲み会で顔を合わせた時、岩井の方から話しかけてきたのだが、『君によく似た人を知ってるから気になった』と突然言われたのだ。

初めはどういう意味か分からなかったのだけれど、こうして定期的に会って話すうちに、和羽の置かれた特殊な家庭環境と似た境遇の友人が居ると知った。だからなのか、岩井は和羽を見かけると、放っておけないらしく何かと構ってくる。

それがお節介や興味本位でないと分かるから、和羽もすぐに打ち解けた。

「岩井さんは、何でもお見通しですね」

「まあね。それで、どうしたの？　吐き出してスッキリできるなら、話してごらん」

「……実は、お見合いをすることになりまして」

「前に話してくれた『家の事情』ってやつか」

二十三歳で見合いなど、かなり珍しいと自覚している。その上、和羽はまだ大学生で就職先も決まっていない。

「そんなところです」

「大変だな」

手にしたジントニックを飲みつつ、岩井が肩を竦《すく》めた。

根掘り葉掘り聞き出そうとはせず、あくまで和羽が話したいことだけを話せるように相づちを打ってくれる。

その気楽さが、和羽の重い口を開かせるのだ。

「親戚から勧められて、顔も名前も知らない相手とお見合いをするんですが……それは形だけで、ほぼ結婚は決まっています」

「そりゃ随分、強引な話だな」

古いしきたりのある本家からの命令なので、嫌々ながらも和羽は従うしかない。

「反抗しないのか？」

「できませんよ。僕には、そんな資格がないですから」

「資格って、大げさだね」

口調は茶化しているが、岩井の目は真面目だ。

「本家の跡継ぎだった父は、出奔同然で母と僕を連れて家を出ました。それから両親が病気になって……結局本家の方から入院費を立て替えて貰った恩があるので、逆らえないんです」

今の時代、まだ本家だ跡継ぎだと騒ぐ家があるなどと話しても、大抵は大げさだと一蹴《いっしゅう》されるだろう。

そういう話は、ドラマや映画の中の出来事か、あるいは莫大な資産家でもなければあり得ない。

実際、和羽も本家のある町を出てから、自分の置かれていた立場が一般的ではないと自覚した。

しかし本家との関わりを絶ち、所謂《いわゆる》『普通の大学生』として生きるつもりだったのに、本家はそう簡単に和羽を解放するつもりはないらしい。

両親が病死し一人残された和羽は、勝手に相続放棄した父の代わりに制裁を受けることとなったのだ。

勿論《もちろん》表向きはただのお見合いだけれど、本家が関わる以上何かしらの利害のある政略結婚だと薄々分かっている。

そして自分には本家に『両親の入院費』という借金があるので、拒否権などない。

「お金は返してるんだろう？」

「でも微々たるものです。働くようになったら、纏《まと》まった金額を返す予定ですけど……」

このご時世で、そう簡単に借金が返せるわけがないのは十分承知している。それを本家側も見越して、和羽に見合い話を持ちかけたのだ。

「それにしたって、相手の意志もあるだろうし。まだ結婚するって決まったわけじゃないだろ」

「いえ。親族からの話だと、相手の方も色々と事情があるみたいで。本家の目的は分かりませんが、結婚は決まっているようなものなんです。ただそれはもう仕方ないって割り切ってはいるんですけど」

言葉を濁すと、岩井が首を傾《かし》げる。

恐らく彼からすれば、強制された見合いから逃げたいという相談と思ったのだろう。しかしどれだけ逃げても、必ず居所を突きとめてきた本家の執拗《しつよう》さを身にしみて知っている和羽にとってそれはもう諦《あきら》めるしかないことなのだ。

「せめて相手の女性に失礼にならないように、良き夫になりたいんです」

「本気なのか？　てっきり、見合いから逃げたいとかそういう話かと思ったぜ」

呆《あき》れたように言って、岩井がジントニックを飲み干す。今時、顔も名前も知らない相手と結婚前提の見合いをするなんてことも珍しいが、それを受け入れている和羽の思考も理解ができないと分かる。

「逃げても、無駄だって分かってますから。それで本題なんですが岩井先輩のお知り合いに、話し方の講師をしてる方とかいたら紹介していただけませんか？　スクールとかやってるなら、申し込みします」

「あー会話術とか、そういう系統か……逃げる方法なら、いくらでも相談に乗るんだが」

眉《まゆ》を顰《ひそ》める岩井は、明らかに不愉快そうだ。

「ご迷惑はおかけしません。講習料も払います」

岩井の広い人脈はゼミ内でも有名なので、図々しい頼み事をしてくる輩《やから》もいると聞いている。

なので、和羽は先に支払いの件を自分から申し出たのだ。

しかし岩井はあっさりと、予想もしていなかったことを理由に挙げた。

「金のことは、この際いいんだよ。長瀬が信頼できる性格だってのは、話してて知ってるしね。俺が気にしてるのは、君の考え方」

「僕の？」

「前にも少し話したと思うけど、俺の身近にも君のように家に縛られた人がいてね。なかなかそういった思考から、抜け出せないのは理解しているつもりだよ」

そう前置きして岩井が真顔になる。

「でもね、その考え方は良くない。君の人生は君のものなんだぞ」

それは和羽も、頭では分かっている。

和羽が中学の時に亡くなった母、そして数年前に心労が祟《たた》って倒れた父も病床で同じことを繰り返し和羽に言っていたのを思い出す。

けれど跡取りの重圧から逃げ、本家から強引に貸し付けられたとはいえ莫大な入院費という負い目のある現実を告げられたら、和羽はどうしていいのか分からなくなったのだ。

「借金の返済まで数年かかるのは事実だし、父が勝手に出て行って迷惑かけた分、自分が少しでも役に立てるなら、僕の人生に選択肢はありません」

「……真面目だなあ」

「こうして大学まで行かせてもらって、岩井さんみたいな良い先輩にも恵まれて感謝してます。むしろ相手の女性が心配なんです」

どういう経緯で自分と引き合わされることになったのか、理由など教えられていない。それどころか、顔も名前も、最低限の情報すら分からないのだ。

聞いたところで、本家が答えるとも思えなかった。

「お願いします。もし相手の方が同じ境遇なら、逃げられないと悟っている筈《はず》です。結婚が決められているなら、せめて相手を幸せにして上げたいんです」

幼い頃から本家の追跡を逃れるために引っ越しを繰り返し、やっと落ち着いたと思ったら今度は親が相次いで心労から来る病に倒れた。少しでも両親に負担を掛けたくなくて、和羽は勉強とバイトに明け暮れたが、その代償として友人と呼べる相手が殆《ほとん》ど居なくなってしまった。

当然、恋愛などしている余裕もなかったので、女性に対する気遣いはさっぱり分からない。こんな自分が結婚をすれば、相手は困惑するだろう。

「お恥ずかしい話ですが、僕は恋愛経験がありません。だから少しでも、女性を不快にさせない会話術というか。そういうマナーを勉強しておきたいんです」

「そういうのって、勉強して身につくものでもないと思うが……まあ俺のやり方でいいなら、協力してもいいけど。後悔するなよ」

「ありがとうございます」

深く頭を下げると、岩井が苦笑する。

それから二人は後日再び合う約束をしてから、教授に誘われて他愛のない雑談に加わった。

次の週末。

岩井は約束通り、和羽に『恋愛指導の講師』として一人の男を紹介してくれた。

待ち合わせ場所は、ゼミの飲み会で使う居酒屋ではなく外資系ホテルの地下に入っているバーを指定されたので、少しだけ後悔した。

岩井からのメールに『ドレスコードはないから、普段通りの服装で構わない』と書かれていなければ、適当に理由を付けて断っていただろう。

——何度か前を通ったことはあるけど、自分がこの中に入るなんて思ってなかった。

ホテルの入り口に立ち、和羽は落ち着いた外観のビルを見上げる。

商業ビルの間に立つそのホテルは、数年前に建てられたばかりでテレビでもよく話題になっている。

サービスや利便性に優れ、レストランなど全てが洗練されているが、当然値段もそれに見合った設定になっている。

今回は岩井のおごりだと始めに言われたが、和羽としては支払うつもりでいた。

一応ネットで調べたものの、バーのチャージ料とかサービス料という名のよく分からない追加分だけで目眩《めまい》がしそうになった。

更に水まで有料だと知り、正直なところ泣きたくなっている。

「なにか、ご用でしょうか?」

「あ、あの。このお店に行きたいんですが」

正面入り口に立ち、車の誘導をしていたドアマンの一人が和羽の元へ近づいてくる。

明らかに場違いなジーンズにシャツという軽装にも拘《かか》わらず、ドアマンはにこやかに頭を下げた。

携帯電話を操作して、メモっておいた店の名前を告げる。するとドアマンは和羽を促してホテル内へと入り、地下へ行くエレベーターの前まで案内してくれた。

「下りましたら右へ進んで下さい。その突き当たりにあります」

「ありがとうございました」

ドアが閉まるまでに何度もお辞儀をしてしまう和羽を、乗り合わせた客が不思議そうに見つめてくるのに気付いて赤くなる。

こういった場所に慣れていないので、ドアマンのサービスですら申し訳なく感じてしまうのだ。

——やっぱりもう少し、普通のお店にして貰えばよかった。

自分の頼み事なので、相手の都合の良い時間と場所で頼んでしまったのが裏目に出た。

更に言えば、岩井が紹介する相手の職業も和羽は気にかかっていた。

——確かにホストなら、女性との会話は上手だろうけど……。

今日紹介して貰うのは、現役のホストだと聞いている。

水商売に偏見はないつもりでいたけれど、どうしても『チャラい』という印象を真っ先に浮かべてしまった。

しかし恋愛経験皆無の自分が短期間で女性と楽しく会話ができるようになるには、そういう職業の人のアドバイスが必要だとも思う。

そんなもやもやとした気持ちを抱えて、和羽はエレベーターを降り待ち合わせの店の前まで行く。

すると店の前に立っていた岩井が、すぐ和羽に気付き手招くので小走りに駆け寄る。

「こっちは少し早く来てたから、一杯飲んだところだ」

和羽は腕時計を確認すると、既に待ち合わせ時間を十分ほど過ぎていると気が付く。

「すみません、道に迷ってしまって。それと、ホテルへ入るのに気後れして。本当にすみません」

「長瀬らしいな。ま、こっちは気にしてないからそう畏縮《いしゅく》すんな。とりあえず、依頼の理由は『恋愛経験がないままで見合いするのが恥ずかしい』からってことにしてある。結婚だの家のしがらみだのは言ってない」

「ありがとうございます」

何度も頭を下げる和羽の肩を軽く叩き、岩井が先に立って店内に入る。間接照明とランプの明かりが、重厚な家具を照らしている。中で待ち合わせをしなくて良かったと、和羽は内心胸をなで下ろす。

——こんな高そうな店、絶対に入れない……それにこういう場所だって知ってたら、こんな恰好《かっこう》してこなかったのに。

ソファに座って葉巻をくゆらせている男達は、皆背広姿だ。和羽のようにジーンズにシャツという軽装の客は一人も居ない。

「お待たせ。連れてきたぜ。今回の依頼人だ、教育しがいがありそうだろう？」

「遅くなって、申し訳ありませんでした」

言外に大分失礼なニュアンスが含まれていると和羽でも気付いたが、岩井に反論する気にはならない。

というか、彼の言葉通り自分は余りにも場違いな上に、おどおどとして言葉も出ない小心者だ。

深く頭を下げると、ソファから苦笑を含んだ声がかけられた。

「岩井君。君なりに彼を気に入っていると私は分かるけれど、冗談が通じていないようだぞ。教育とか、そういった物言いを真に受けるタイプのようだね」

声をかけた男は、ソファから立ち上がると和羽の前に立つ。岩井と違い前髪は下ろされ、襟足《えりあし》も心持ち長い。

会社勤めではないとひと目で分かる容姿だが、着ている服はかなり仕立ての良いスーツで所作も綺麗《きれい》だ。

「城沢淳志《しろさわあつし》、今年で三十になる。君の恋愛指導の講師として岩井君から指名された。できる限りの協力はさせて貰うよ。宜しく」

――城沢……？　どこかで聞いた気がするけど。気のせいか。

記憶の底に引っかかりを覚えたが、思い出せない。子供の頃、遊んだ仲間の誰かがそんな名前だった気もするけれど、幼い頃の思い出は嫌な記憶ばかりなのでぼんやりとしか覚えていないのだ。

和羽は気持ちを切り替えて、改めて城沢に頭を下げた。

「あ……僕、長瀬和羽……です。二十三歳で、大学生です。家の事情でお見合いをすることになりました。二年ほど家族の看病で休学してまして……えと、こんな話はどうでもいいですよね」

焦って余計なことを喋《しゃべ》ってしまったと自己嫌悪に陥る。

しかし城沢は柔らかく微笑んで、斜め前のソファへ座るように促しオーダーを取りに来たウエイターに何事かを告げる。

「ローズヒップをベースにした、ソフトドリンクを頼んだよ。ハーブは頭がスッキリするし、気持ちも落ち着くからね」

「早速たらし込んでるな。仕事内容を忘れるなよ、城沢」

五歳も年上の城沢に向かい、岩井は完全にため口だ。しかし城沢も慣れているのか、笑って頷《うなず》く。

「まずは緊張を解《ほぐ》すのが先決だろう。これからの方針を決めるにしても、依頼者の長瀬君が緊張していては話をすすめにくい」

職業は聞いていたけれど、城沢の口調や物腰は落ち着いており一般的な『ホスト』の軽薄なイメージとは真逆だ。

そんな驚きが表情に出てしまったのか、城沢がやんわりと付け加える。

「岩井君から聞いているだろうけど、これでもそれなりに人気のあるホストでね。会話術には多少自信はある」

「なにがそれなりだ。高級クラブで名の通った店に入ってからすぐナンバーワンになって、売り上げもトップだって業界じゃ有名だぞ」

「すごいですね……でもどうしてナンバーワンの方が、僕なんかの講師をしてくれるんですか」

それだけ人気があるのなら、給料も相当なものだろうし忙しい筈だ。素朴な疑問を口にしたが、すぐに失礼なことを聞いてしまったと気付いて和羽は慌てる。

けれど城沢は、気にした様子もない。

「そろそろホスト一本で続けるのは難しいと思っていてね、別の仕事を探していたんだ。折角だから、ホスト時代に培ったスキルを生かせないかと考えていたところに彼から今回の話を持ちかけられて――」

「会話術の個人講師はどうかって話をしたわけ。長瀬には悪いけど、半分実験みたいなものだから料金はタダでいいってさ」

お金のない和羽にとってはありがたいが、謂《い》わば会話のエキスパートに無料で教えて貰うのは気が引ける。

「それは申し訳ないです」

「では成功報酬という形でどうかな？　お見合いが上手《うま》く行ったら、その時に改めて料金を請求する。失敗したら、最低限の交通費だけで構わないよ」

「けど……」

「いいから、頷いとけって。城沢は無料だからって、手を抜く性格じゃない。俺が保証する」

先輩である岩井にそう言い切られてしまうと、和羽も反論する余地はない。それに岩井はゼミの教授陣曰く『マッチング』の才能があり、これまでも新規事業を起こす切っ掛けを作るなど実績はあるのだ。

「しかし長瀬君は真面目だね。動機が女性と親密になりたいという理由で会話術を教えて欲しいと言ってきた知り合いはこれまでもいたけれど。お見合いの相手を不快にさせたくないというのは初めてだよ」

どうやら城沢は、本当に詳しい経緯を岩井から聞いていないらしい。

先日、メールで打ち合わせをした際に『詳しい経緯は言いたくないだろ』と岩井の方から助言され、和羽も同じ考えだったので依頼の理由は任せてしまっていた。

「お見合い相手に対しても真剣ですけど、個人的には岩井さんみたいになりたいんです。僕は人と話すのが苦手だから、誰とでも話せる岩井さんが目標です」

これは和羽の本音だ。

様々な方面に知識があり、誰とでも気さくに話をする岩井に対しては憧《あこが》れのような感情さえある。

両親を責めるつもりはないけれど、短期間で何度も転居を繰り返した結果、親しい友人が作れず人と距離の取り方もよく分からなくなってしまったのは、幼少期のことが少なからず原因になっている。

しかし城沢は、大げさに眉を顰めて首を横に振る。

「止《や》めておいた方がいい。岩井君は最近やっと落ち着いたが、それまでは周囲が頭を抱える程の遊び人だったんだ」

「えっ」

驚いて岩井を見ると、曖昧《あいまい》な苦笑いで誤魔化《ごまか》された。

確かにゼミの飲み会では、岩井が顔を出すと雰囲気が明るくなり女性達の視線も彼に集まる。

だが遊び人と呼ばれるようなことはしていないし、あくまで飲み会を盛り上げる一人という認識だ。

「ああ、城沢がへんなことを言うから、考え込んじゃったじゃないか。長瀬も、今のは忘れてくれ。さてと、本題に入ろう」

かなり強引に話題を変えた岩井を、和羽はぽかんとして見つめる。この焦り具合からして、城沢の言うことは嘘ではないのだろう。

ともあれ、今日は城沢に会話術の講師を頼みに来たのだから雑談ばかりしていては失礼だ。

「長瀬の見合いは、いつ頃なんだ？」

「ええと、はっきりした日取りは決まってませんが……二カ月後くらいにセッティングするって言われてます」

全ては、本家の都合次第なのだ。和羽も、そして連れてこられる女性の都合もこれっぽっちも考えていない。

「……とすると、期間は短いな。大学の長期休暇が来週終わるから、平日は講義やバイトもあるだろう？」

「じゃ、週末に集中して講義するってことでどうだ。長瀬、調整できるか？」

幸いバイトの方は法律事務所のサポート的なものなので、基本的に土日は休みだ。教授の紹介で入ったことと、真面目な仕事ぶりが評価されて上司の信頼もある。

「僕は大丈夫です。けど城沢さんの方が、お忙しいでしょう。仕事先に事情を話せば、平日のシフトを減らしてくれるでしょうから頼んでみます」

自分よりも飲食サービス業の城沢の方が、週末は忙しい筈だ。いくら城沢の『お試し講義』だとしても、時間を割かせてしまうのは申し訳ない。

「それじゃお前の生活がキツくなるだろ」

「私は最初から、君の都合に合わせるつもりで引き受けたんだ。遠慮しなくていい」

年上の二人からそうたたみかけられると、和羽も頷くしかなかった。初対面の相手に、ここまで甘えてしまっていいのか罪悪感がこみ上げるけれど、すぐに見透かしたみたいに岩井が背中を叩く。

「お前はまだ学生なんだから、気にするなって」

「すみません」

「そこは『ありがとう』って言うとこだぞ」

軽く笑いとばしてくれる岩井の性格は、和羽からすると本当に羨《うらや》ましいし自分もこうなりたいと本気で思う。

「しかし土日だけだと、少ない気もするな。もし長瀬君の都合が付くのなら、間の平日にも一度くらいは会う機会を設けたい」

確かに、間が空いてしまうのは良くないと思う。これからの人生がかかっている講義なのだから、少しでも会話の技術を取得したい。

和羽は手帳を出して、講義の確認をする。

「……水曜と木曜は講義が午前で終わるので、どちらかの日をバイト先に掛け合って早めの出勤で調整をして貰えるか頼んでみます」

普段は夕方から出て、残務処理の手伝いや翌日の資料整理などをする。

社長の方針で、学生なのだから都合のいい時間に来てくれれば構わないと言われていたから、この二カ月間だけ特殊なシフトを組ませて欲しいと頭を下げれば多少の無理は聞いてくれるだろう。

結局平日の講義時間は和羽の大学が早く終わる水曜日に、城沢が都合を付けてくれることで決まった。

「ああ、二人とも連絡先交換しとけよ」

そう促され、和羽は鞄《かばん》から携帯電話を出す。

「スマートフォンじゃないんだな。珍しいな」

「ですよね。みなさん携帯電話見ると、必ず言うんですよ。僕はメールと通話だけできればいいから、困ったことはないんですけどね。ゼミの知り合いは、スマートフォンじゃないと連絡取れないとか言ってて……友達多い人は、大変ですよね」

大学からの連絡なら、ノートパソコンのアドレスで十分対応できるし飲み会の誘いも研究室の掲示板に貼ってあるからそれを確認すれば済むだけの話だ。

「他人と深く関わるのが、怖いのかい？」

まさかそんな切り返しが来るとは思わなかった和羽は、内心焦り無言になってしまう。

単純な疑問を飛び越えた、明らかにプライベートなところまで踏み込んだ発言だ。空気が悪くなってしまったと気付いて口を開くが、上手く誤魔化しきれない。

「え？　いえ……別に……」

「失礼な発言をしてすまなかった」

城沢から謝られたことで、和羽も冷静になる。

――駄目だな。城沢さんの言葉……図星だから苛立《いらだ》っただけじゃないか。

友達の多い人は大変だなんて、嫌味としか取られない言動をしたのは自分だ。それに対して、城沢なりに窘《たしな》めたのだろう。

「……僕も余計なことを言ってしまって。すみません」

それまで遣《や》り取りを見守っていた岩井が、突然吹き出す。

「城沢も長瀬も真面目だなあ。ま、気は合いそうだから問題ないか。というか俺がマッチングしたんだから、間違うはずないのは当然だけどな」

うんうんと一人頷く岩井に、なんとなく和羽は城沢を見れば彼もまた困ったような視線を向けてきていた。

意図せず合わさった視線は不思議と心地よくて、和羽は微笑みを返す。

「よし、商談成立祝いだ、今日は城沢のおごりで飲もう」

「商談て……僕は講義のお願いをしただけで。それに飲み代も支払いますよ！」

「遠慮すんなって。城沢は稼いでるんだから、三人分くらいどうってことないよな？」

随分都合の良い岩井の提案だが、嫌味にも押しつけにも感じないところは流石《さすが》だ。城沢もそんな岩井の提案になれているのか、顔色一つ変えずに言い返す。

「元々、長瀬君の分は出すつもりだったから構わないが。岩井君は自分で出してくれ。君の理屈で言う『稼いでる』ことが基準なら、この中では君が一番なんだが」

「あ……そうか」

指摘されて、墓穴を掘ったと気付いた岩井が項垂《うなだ》れる。

軽口をたたき合える仲なのだと改めて知り、和羽は二人の関係を羨ましいと感じていた。故郷を離れてから、各地を転々としていた和羽には、心を許せる友人はいない。

大学に入ってからいくらか落ち着いたものの、友人を作ろうとすると無意識に自分から壁を作ってしまうことに気が付き、それからはあえて自分からの接触は避けている。

プライベートまで踏み込んでくるのを許しているのは、岩井くらいなものだが友人とは少し違う感覚だ。

先輩と呼んで慕っているが、学生の期間が重なったことはない。

どちらかと言えば、自分の良き理解者としてアドバイスをくれる人生の先輩という認識が強い。

「和羽君、生ハムとホタテのアヒージョは食べられるかな？　飲み物だけじゃ、物足りないだろう。折角だからパエリアも頼もうか。この店の料理は絶品でね、知り合いと来ると必ず頼んでしまうんだよ」

「はい」

あえて和羽が恐縮しないように、城沢が気遣って料理の注文をしてくれる。

隣で見ている岩井は、特に気にした様子もなくグラスを傾けていたが、さりげなく和羽にだけ聞こえるように囁《ささや》く。

「随分気に入られたみたいだな。これで一安心だ」

「え？」

「ビジネスって割り切られるより、長瀬の場合は親身になって指導してくれる方がいい。やっぱ人選は、間違ってなかったよ」

そんな会話をしている間に、料理が運ばれてくる。

それからは大学の話や、城沢の店の話など他愛ない会話をして過ごし、和羽は久しぶりに充実した気持ちで帰宅することができた。

――なんか今更だけど、緊張する。

バイト先の法律事務所に事情を話したところ、社長は快諾してくれただけでなく期間が決まっているならその間は水曜日も休みで構わないとまで言ってくれた。

給料が減ってしまうのは痛手だが、時間を気にせず集中して城沢の講義を受けた方が効率がいいと和羽も判断し、社長の提案を有り難く受けることにしたのだ。

なので午前の講義が終わると、すぐ待ち合わせ場所である近くの駅へと向かう。

その道すがら、この怒濤《どとう》の数日間を思い返して、和羽は少なからず後悔をしているまっ最中だ。

冷静になって考えると、随分無茶な頼み事をしたとしか思えない。

料金もそうだが、先輩である岩井の人脈に頼り切り、城沢の仕事の時間を割いて貰ってまで指導をお願いするのだ。

市が主催する会話教室みたいなものでもよかったのではと考えるが、今更断る方が失礼だとも思う。

そんなことを考えているうちに、数日前に岩井達と待ち合わせたホテルの前に到着する。既に城沢がいて、和羽の姿を見つけると片手を上げて近づいてきた。

「バイト先は大丈夫だったかい？」

「はい。講義内容は伏せて『就職関係で、集中的に勉強をすることになりました』と伝えたら喜んでシフト調整してくれたんです」

「嘘も方便だからね。全てを話す必要もないし、それに君の将来がかかっているのは本当だから、完全な嘘でもないだろう。ともかく、これで週に三日は時間を気にせず講義ができるね」

歩きながら話す城沢になんとなくついて行く和羽は、内心首を傾げる。

——今日は別のお店に行くのかな。

講義の場所は、特に決めていない。前回の顔合わせで別れたときも、次の待ち合わせ場所を指定されただけだった。

「ここは上級者向けだから。今日は気軽に入れる喫茶店にしようと思っているんだ。オススメのデートコースを一気に回るより、君はまず他人との会話に慣れることが先だと私は思っている。だから今日は、落ち着いて話せる店へ行こう」

「はい。お任せします」

落ち着いて話せる店、と言われても和羽にはぴんとこない。元々外食を共にする友人はいなかったし、出かけるとすればゼミ仲間に誘われて牛丼のチェーン店に入るか、飲み会の居酒屋へ行くくらいだ。

少し歩くと城沢は細い路地に入り、迷路のような小路を奥へと進んでいく。都心にこんな静かな場所があったのかと驚くくらい、そこはしんと静まりかえっていた。

「建物で見えないけれど、少し先は幹線道路だよ。この辺りは夜になるとワインバーやイタリア料理を出す店が開くんだけれど明るいうちはこの通りだ」

言われてみれば、周囲は一見普通の住宅だが、通りに面したドアや大きな窓には『CLOSE』の看板が掛けられていた。

「そこに薔薇《ばら》の生け垣があるだろう。あの店だけは、昼だけやってるレストランなんだ。パンケーキが有名なんだけれど、雑誌の取材を一切断っているから所謂、隠れた名店という感じかな」

お店どころか普通の家の庭にしか見えないそこへ、城沢は生け垣の間に作られた木戸を開けて平然と入っていく。慌てて和羽も後に続くと、奥からエプロン姿の老人が出てきて笑顔で会釈する。

「おお、あんたか。わざわざ予約の電話を入れるから、恋人でも連れてくるのかと思ってたよ」

「ええ、これからこちらで口説こうと思いまして。奥の席でいいですか?」

「なるほど。それじゃ邪魔が入らんように、隣の席は空けておこう。そちらの兄さんは、初めてだね？　ゆっくりしていきなさい」

二人は知り合いなのか、城沢の説明に老人は動じもしない。

一階部分は仕切りのない二十畳ほどのスペースで、白を基調としたアンティーク家具が品良く置かれている。

大きな窓からは庭が見渡せるが、通りからの視線を遮るような形で庭木が植わっているので、この場所だけ都心とは思えない静かな空間になっていた。

いかにも女性受けの良さそうな店内を見回していた和羽は、ふと先程城沢が言った台詞《せりふ》を思い出して彼に問いかける。

「あ、あの……口説くって……」

「今のも授業の一つだよ。相手に『口説かれる』と意識させる。まあ、これはお互いに良い雰囲気になってからだけれどね。じゃないと、一方的に押し付けるだけの嫌な男になってしまう。ほら、座って」

そんなことは、城沢のようにエスコートに長《た》けた人物でないと全く様にならないに決まっている。喉《のど》まで出かかった文句だが、教えて貰う立場なので和羽はぐっと飲み込む。

席に座ると、城沢が和羽にドリンクの希望とアレルギーの確認だけして、店主である老人に幾つかメニューを指し示す。

講義の間にかかる飲食の費用も城沢が出すと事前に決めていたので、正直和羽には有り難い。

程なく生クリームとフルーツののったパンケーキと、アイスティーが二人分運ばれてくる。

「勝手に頼んでしまったけれど、甘いものは大丈夫かな？」

「はい。母が元気だった頃は、よくおやつに作って貰ってました」

母と過ごした記憶は、まるで昨日のことのように思い出せる。こんな豪華なパンケーキではなくて、市販のホットケーキミックスで作った簡単なおやつだったけれど、和羽にしてみればあれは幸せの味だ。

「私も妹にせがまれて、よく作っていたよ。母が働いていたから、私がおやつ係だったんだ」

「そうなんですか」

「いつも焦がしてしまって、妹に怒られたのはいい思い出だ」

他愛のない話をしながら、和羽はパンケーキを切り分けて口に運ぶ。

ふんわりとした生地には少しチーズが混ぜてあるのか、微《かす》かに塩気が混じる。嚙《か》むと弾力があり、二つの食感が楽しめると気が付いた。

「秘伝の粉を使っているそうだよ。クリームを付けてごらん。絶品だよ」

そう言いながら、城沢が笑みを浮かべた。

きっちりとスーツを着こなした城沢は、パンケーキを食べる姿も優雅でつい見惚《みと》れてしまう。

「……どうかしたかな？」

「いえ……あ、美味《おい》しそうに食べるんだなって思って」

「実は甘いものが好きでね。新しいカフェができると、一人でも食べに行ってしまうんだ」

そう言って笑う城沢に、和羽も頷く。

自分も甘いものは好きだから食べ歩きをしてみたいけれど、一人で店に入る勇気がないし何よりお金に余裕がないのだ。

本屋でスイーツの特集をしている雑誌を眺め、想像を巡らせることが和羽にとって最大の楽しみなのである。

「――よければ、次のデートもこういう店にしようか。なにか希望があれば、前もって店をリサーチしておこう」

「いえ、そこまでして頂くのは申し訳ないです」

「長瀬君」

ふと真顔になった城沢に、和羽は姿勢を正す。

「これも講義の一環だよ。何気ない気遣いや、会話から相手の好みを把握するのは基本だからね」

指摘されて、和羽は自分が何も考えずにいたことを反省した。けれどすぐに城沢は穏やかな表情に戻る。

「岩井君から頼まれているということもあるから、真面目に講義もするけれど。君に楽しんで貰うことも必要だと私は思っている」

「え……」

じっと見つめてくる視線は柔らかいが、どうしてか逸《そ》らせない強さを持っていた。自分でも分からないけれど、頬《ほお》が熱くなっていく。

「だからね、君が私に対して持っている不安とか不信感を消して貰えるように、努力しよう。岩井君の前では、聞けないこともあっただろう？　気にしなくていいから、言ってごらん」

まるで和羽の心を見透かした様な言葉に、和羽は息を呑《の》んだ。確かに自分は、彼の職業に関してまだ少しばかり戸惑いがある。

『ホスト』という職業は女性を相手に、心地よい時間を提供するものだと理屈では分かっているけれど、やはり水商売という意識が強い。

「あの、じゃあ……どうして今のお仕事を始めたのか、聞いてもいいですか？」

口にしてから、しまったと後悔する。

これでは偏見があると告げてしまったと同じことだ。けれど城沢は慣れているのか、眉一つ動かさず穏やかな声で答えてくれる。

「うちは両親が早くに他界していてね。歳《とし》の離れた妹の学費を稼ぐために、この業界へ入ったんだけれど意外と性に合っていたみたいで。半年ほどで、今の店を任されたんだ」

「そうなんですか……」

「水商売だからね。良い印象はないのは分かっているよ。私も始めるまでは、かなり躊躇《ちゅうちょ》した。けれど周囲の人間関係に恵まれて、どうにかなってる。岩井君も私を支えてくれた一人だよ」

大変なこともあった筈なのに、城沢はさらりと口にする。その態度に、嘘や誇張は感じられない。

「こういう仕事だからそれなりに恋人はいたけれど、お客を恋人にしたことがないのが唯一の自慢かな。私はただ、お店に来てくれる方に、楽しんで貰いたい。それだけなんだ。だからお酒の力を借りずに、会話でも場を和ませる仕事が出来ればいいと考えていた矢先に、君の話を岩井君が持ちかけてくれたんだ」

「僕も城沢さんみたいに、踏み出せればいいんだけれど」

「君には君の人生があるだろう？　君に必要なのは、自信だと私は思うよ」

自分の職業に誇りを持ち、女性を金ヅルと見ない城沢の姿勢に好感を持つ。『恋愛指導の講義』という奇妙な依頼にも、城沢は真面目に応えようとしてくれている。

——城沢さんは初めから真剣に向き合ってくれてたのに……僕は駄目だな。

ホストという職業に、偏見を持っていたのは否めない。

「あの、僕……正直に言いますけど城沢さんのお仕事に対して悪いイメージがありました。その、すみません。今更なんですが、お話を聞いて考えを改めました」

「いや、そんな畏《かしこ》まることじゃないよ」

苦笑する城沢に、和羽は首を横に振る。

「本当に、すみませんでした。それであの、嫌でなければ改めて僕の依頼を受けて頂けないでしょうか?」

「最初からそのつもりだよ。だからほら、顔を上げなさい。パンケーキも食べないと冷めてしまうよ」

フォークを置いて城沢が和羽の頭を撫《な》でる。こんな風に他人に触られるのは初めてのことだけれど、嫌悪感は感じない。

「君はとても素直で、真面目だ。きっとお見合いも成功するよ」

「そうでしょうか」

「女性には自然体で接すればいいだけで、緊張してもそれはおかしなことではないよ。あとこれは私からの提案なんだけれど。君のことを、和羽君と呼んでもいいかな?」

「は?」

思わず素《す》っ頓狂《とんきょう》な声を上げてしまい、和羽は恥ずかしくて片手で口を覆う。これまで、名前で呼びあうような親しい友人は居なかったからだ。

「呼び方は親しさをアピールするものだからね。できれば君には、リラックスして欲しいのだけれど。嫌かい？」

「いえ、驚いただけです。ただ僕は城沢さんを名前で呼ぶのは……」

「無理にとは言わないよ。慣れてきたら、淳志さん、とでも呼んでくれたら嬉しいな」

年下の自分が城沢を名前で呼ぶのは、抵抗がある。けれど城沢が自分を名前で呼びたいのなら、別に構わない。

「……僕は名前で呼んでくれるような友人はいないから。もう城沢さんなら気が付いてると思いますけど、僕は恋愛どころか友達と呼べるような相手が居ないんです。岩井さんはそんな僕を気遣ってくれて、本当に有り難いと思ってます」

「君は変わっているな。岩井君が気に掛けるのも、分かる気がするよ」

気に掛けてくれているのは、岩井の知り合いが自分と似たような境遇にいるからだと喉まで出かかる。

そうでなければ、和羽なんて何の面白味もない人間だ。

それは和羽自身が十分承知している。

趣味もなく友人もおらず、毎日大学とバイトと家を往復するだけの日々で話題も何もない。

たまにゼミで誘われる飲み会が、唯一他人と交流する場なのだ。

岩井からすれば、面倒を見る後輩の一人程度だろう。

余り卑屈にならないように思っていることを伝えると、城沢が困ったように眉を顰めた。

「そんなに気にしなくても、いいと思うけどな。君と初めて会ったときからとても印象に残っていて……こうして話をしてみて、もっと和羽君を知りたいと感じている」

「え、え?」

「和羽君はどうだい? 私は単なる、講師としか見られないかな」

「えっと、あの」

言葉に詰まると、再び頭を軽く撫でられる。

「そんなに緊張しないで。私も性急だったね」

コミュニケーションに難があるのはよく分かっている。それを城沢は、解きほぐしてくれようとしているのだ。

――これって、頼んだ講義以上のことをして貰ってるよな。

会話術の一環と考えればいいのかも知れないが、メインは『恋愛指導の講義』だ。しかし城沢がまず会話からと判断しているのだから、自分は相当コミュニケーションが下手なのだということになる。

ここは変に意地を張らず、城沢の言うとおりにした方がいいだろう。

「あの、僕。面倒くさいと思いますが。よろしくお願いします」

テーブル越しにぺこりと頭を下げると、何故《なぜ》か城沢が声を出して笑う。不快に感じなかったのは、彼の表情がとても優しかったからだ。

それから数日後。週末の二日連続した講義を受けた和羽だが、一つ確実に分かったことがあった。

自分は壊滅的に、女性をエスコートするということに向いていないという点だ。

——城沢さんと話してると、自分が駄目だって再確認しちゃって……辛い。

城沢との会話は楽しいが、もしこれが初対面の女性相手だと考えると、同じようにできるのか自信が全くない。

ゼミには女性もいるけれど、事務的な会話ばかりだったので今更親しげに話しかけるのも気が引ける。

なにより練習台になってくれと言っているようなものなので、申し訳ないという気持ちの方が強くなる。

「——今夜はありがとうございました。城沢さん、お忙しいのに……すみません」

「いや、本当は丸一日君の指導をする予定だったのに、夕方からになってしまったからね。

謝るのは私だよ」

土日は集中的に講義をすると約束していたのだが、どうしても外せない仕事が入ってしまったとかで、日曜の今日は夕方からになったのだ。

城沢の仕事を考えれば、週末は稼ぎ時だ。その時間を潰《つぶ》しているのだから、文句なんて言えない。

ホストクラブの勤務形態がどういったものかは知らないが、幹部クラスの城沢は昼間でも会議などで呼び出されることが多々あるのだと聞いている。

それなのにわざわざ自分のために時間を作ってくれただけでなく、つい話し込んで終電を逃した和羽を家の近くまで送ると言ったのだ。

最初はタクシーで帰ると言ったものの、経済状況は把握されている上に『こういう時は、年上に甘えなさい』と笑顔で言われてしまえば反論なんてできなかった。

「それより私よりも、和羽君の方が疲れているように感じるけれど。体調が良くないなら、来週は休みにしようか」

「いえ、平気です！」

つい強い口調で否定したのは、心にある不安を隠したいと思ったからだ。

講義は今日を含めてまだ三回。女性への接し方に関する簡単なレクチャーと、他愛のない会話が中心だ。

とりあえずは、和羽の緊張してしまう癖を直すことをメインにしながら、最近の流行《はや》り物や、女性が好む店のセレクトなどを教えてもらっている。

いくら疎い和羽でも、城沢の教えてくれている内容が、基本中の基本だというのは分かる。でもこれまで恋愛をしたことのない和羽には、何もかもが新鮮だ。しかし一般的には同年代の男なら知っていて当然の知識すらないのだと、実感させられる。

「この辺りでいいです。今日は、ありがとうございました」

一人暮らしをしているアパートの近くに車を停めて貰い、和羽は改めて頭を下げた。そして車から降りようとするが、運転席から伸ばされた手に阻まれる。

「和羽君、折角だから少し話をしよう」

「話って、なんですか？」

「なにか気になることがあるのなら、話してくれないかな。私の講義が分かりづらいなら改善しなければいけないし」

「違います！　城沢さんのお話は分かりやすいです」

お世辞ではなく、本当にそう思っている。

雑談が中心だけれど城沢の話題は多岐にわたり、これなら年代や職業を問わず、女性を退屈させないだろうと和羽も想像が付く。

現に自分も城沢の話に引き込まれ、これが講義だと忘れてしまうほど彼の会話は楽しいのだ。

「僕が駄目なんです。自分でも女性との接し方を勉強しようと思って、本を買ってみたんですけど……なかなか頭に入らないんです」

「見せて貰っていいかい？」

「はい」

言われて和羽は、鞄に入れてあった文庫本を出す。最近書店で見かけた、会話術のハウツー本だ。

特別難しい内容ではないが、逆に言えば感銘を受けるようなものでもない。

城沢は本をぱらりと捲《めく》り、表題になっているページを少し読むと直《す》ぐに閉じてしまう。

「基本的なことを、少し大げさに書いてある感じだね。間違ってはいないけれど、君には必要ないかな」

そう言われても、和羽は本の内容を実践できそうにないとぽつぽつ訴える。

「でも、僕にはその基本が……できる自信がないんです。きさくに話しかけるとか……どうすればいいのかさっぱりで」

「本に書いてあることはあくまで例えで、全員に共通することじゃない。まずは相手の話を真剣に聞いて、打ち解けるのが基本だよ」

「聞く……だけですか？」

「聞くだけというのは簡単そうだけれど、意外と難しいことだよ」

確かに城沢は、頭ごなしに否定したりせず、和羽の話をまず聞いてくれる。たとえば講義の内容や、今進めているレポートのことなどが主な話題だ。

思い返してみると、城沢は言葉通り『聞く』ことが上手く和羽は更に自信をなくしてしまう。

「二カ月で、城沢さんみたいになれるでしょうか」

限られた時間しかないという現実が、和羽を焦らせていた。

「こういったことは、テスト勉強みたいに覚えるものではないからね。形だけのエスコートで心が伴っていなければ、お見合いの相手だって不自然だとすぐに気付くよ」

焦る気持ちを指摘され、和羽は俯《うつむ》く。とにかく、見合いの相手が不愉快にならないようにとしか考えていなかった。

「君が構わないなら、二カ月が過ぎても相談に乗るよ。だから焦らなくていい」

「……すみません。きっと頼ることになると思います」

「謝る必要はないよ」

城沢の声は優しい。

だからこそ、隠し事があるのが辛いと感じる。

――本当の理由や家のことを話せたらいいのに……。

そこまで話してしまえば、城沢だって心情的に負担になるだろう。今だって和羽に合わせて仕事を調整して貰ってるのに本家の愚痴までこぼせば、いくら城沢が『気にしなくて良い』と言っても迷惑に違いない。

城沢は単純に和羽が『恋愛経験がないままで、見合いするのが恥ずかしい』という岩井の説明を信じている。

まさか本来の目的が『望んでいない相手との見合いで相手を不快にさせないこと』とは考えもしていない。

そんな理由で指導を頼んだと知ったら、城沢も幻滅するに決まっている。まだ出会って数日しか経《た》っていないのに、和羽は彼には嫌われたくないと思い始めていた。

それだけ城沢という男は、同性からみても好ましい性格なのだ。

「――やっと私を信頼してくれたようだね。嬉しいよ」

「勿論です」

「なら良かった」

優しく微笑む城沢に、和羽は見惚れてしまう。浮ついた雰囲気はなく、落ち着いた大人の男。

憧れと、もやもやとした気持ちが半分ずつ和羽の心に溜《た》まっているのを自覚する。

ぼんやりと城沢を見つめていると、ごく自然に城沢が和羽の腰へと手を回し、顎《あご》に指が掛けられた。

「城沢さん？」

「瞼《まぶた》を閉じなさい」

近づく城沢の顔に鼓動が早くなる。

和羽は優しく促されるまま、彼の言葉に従った。

すると数秒の後、唇に熱が重ねられる。

――これ、城沢さんの……唇？

一瞬の出来事だったが、和羽にしてみれば初体験だ。

「ん……っ」

息苦しくなって彼の胸を突き放す和羽だが、城沢は冷静に見つめてくる。気恥ずかしくて口元を手の甲で拭《ぬぐ》うが、彼の感触が消えない。

「こんな風に、少し強引に迫るのも一つの手法だよ。もしかして、キスは初めてだったかな」

改めて自分がキスをしたのだと告げられ、和羽は耳まで真っ赤になった。

「僕は男です！　どうしてこんな……」

「いきなり悪かったね。話をしているうちに、真面目な君に惹《ひ》かれてしまっていた。公私混同するなんて、失格だった」

真顔で言う城沢に、それ以上怒るタイミングを逃してしまった和羽は黙り込む。

「もし私の指導に納得がいかなければ、次からの講義はナシにしよう。岩井君には私から上手く説明しておくよ」

それからどうやって車を降り、自宅のアパートに着いたか覚えてない。気が付いたら真っ暗な自室で和羽はへたり込んでいた。


初めてキスをされた翌日、和羽は自分が怒ったのは嫌悪からではなく驚きが強かったからだと気付いた。

大学でも気を抜くと頭がぼーっとして、講義が耳に入ってこない。

しかし一番の問題は、これから城沢との講義をどうするかという点だ。

岩井に紹介された手前、顔を潰してはいけないと思う。

まさか岩井に『キスをされたから止めます』なんて言っても、信じてくれるかどうか怪しい。

何より和羽自身が、城沢の講義を止めたいと思っていないことが問題だ。

――男の人とキスなんて、おかしいのに……。

驚いたけれど、嫌ではなかった。

城沢はあくまで『指導の一つ』というスタンスを崩していないので、変に意識してしまう自分の方が自意識過剰なのかとも思う。

ただ城沢は、嫌ならば講義はしないとも言ってくれた。

――断るのが普通だよな。けど、城沢さんは悪い人じゃないと思うし。そりゃちょっとは変わってるけど……それにまた新しい人を紹介して欲しいなんて、都合のいいことを岩井さんに頼む方が失礼になるし。

自分でも無理矢理過ぎる理屈だと思いつつ、和羽は城沢の講義を引き続き受けようと決める。

それに何故彼を嫌えないのか、自分自身の気持ちが知りたいという理由もある。どうしてか城沢といると、何かが引っかかるのだ。

本家で暮らしていた頃の思い出のような気もするけれど、あの頃は大人達に囲まれて息の詰まるような生活をしていたというぼんやりとした記憶しか残っていない。父が亡くなる前に少し話をしたが、『嫌な思い出だろうから、忘れたままでいい』と言われてほっとした程だ。

そんな嫌な記憶を揺さぶる相手なのに、気になって仕方がない。

和羽は自分の矛盾する気持ちに困惑しつつも、昼休みに城沢に『次の授業もお願いします』とメールを出した。

すると数分もしないうちに、城沢から返信が届く。

まさか翌日に連絡をしてくるとは思っていなかったようで、少し驚いたような文面に和羽は笑ってしまう。

だから続けて、メールを返す。

『自分でも上手く説明ができないんですけどキスは驚いただけで、嫌悪感はありませんでした。自然にああいった雰囲気に持って行ける方法を教えて下さい』

嘘ではないから素直にそう書くと、城沢も納得してくれたらしく次回の待ち合わせ場所と『キスの練習が加わること』を連絡してきた。

――そっか。僕が継続を了承したってことは、キスも続けるって意味になるんだ。

今更気が付いて、頬が熱くなる。

そしてメールに書かれていたとおり次の『講義』には具体的なスキンシップが加わり、城沢は和羽をまるで恋人のように扱うようになった。

流石ナンバーワンホストと言うべきなのか、恋愛経験のない和羽でも城沢を意識してしまうようになっていた。

自分の性的指向はノーマルだと思っていたので、男に恋人扱いされて喜ぶなんて普通じゃないと感じている。

なのに城沢に見つめられ、キスを重ねる度に嫌悪感は薄れていく。

――これは授業だから。

城沢は必ず和羽をアパート近くまで送ってくれるようになり、別れ際には必ず口づけをするように指導する。

最初は軽く触れ合わせるだけだったキスは、いつの間にか回数が増えただけでなく、舌を絡ませ合う濃厚なものに変化していた。


城沢の講義を受けるようになってから、二週間が過ぎた。

キスの練習が加わった以外は特別な指導はなく、女性への気遣いや会話の繋《つな》げ方など城沢の体験談を交えて分かりやすく教えてくれる。

他人と関わりを持つことを避けて生きてきた和羽にとっては、『お見合いを成功させる』という名目はあるけれど普段の生活にも活用できる内容だ。もしかして岩井は、そんな和羽を気遣った人選をしてくれたのかと考えたりもする。

――普通なら、ありえないってなるけれど。岩井さんだし。

岩井の面倒見の良さは、教授陣のお墨付きだ。

特に後輩がらみで、一度引き受けたことは就職でも恋愛相談でもきちんと面倒を見てくれると評判なのだ。

相談に乗ってくれただけでも、和羽としては十分有り難い。

「……あれ、午前の講義。なくなったんだ」

大学の図書館でレポートのチェックを済ませた和羽は、学生課のある棟に足を向ける。

殆どの学生は、学部内のSNSで講義の確認をするが生憎《あいにく》和羽が持っているのはガラケーだ。

ただそんな学生や教授も一定数いるので、掲示板自体は残っており、むしろ情報は早く掲示されるので重宝している。

水曜は午前に一つだけ講義が入っているが、担当教授がウイルス性の風邪を引いて休講になったと掲示板に張り紙が出されているのを見つける。

城沢との約束は、この講義の後なので少しばかり時間が空くことになる。図書館で時間を潰そうかと思案していると、携帯が振動する。

急いで確認すると、まるで休講を知っていたかのようなタイミングで岩井から『城沢と会う前に、飯でもどうだ？』とメールが入っていた。

断る理由はないので、和羽はすぐに了承すると、ゼミの飲み会で使う待ち合わせ場所へ来るようにと返ってきた。

大学から徒歩で十分ほどの場所なので、和羽は直ぐに待ち合わせ場所へ向かうと既に岩井が待っていて、和羽に気付くと軽く手を上げる。

「よう、元気か?」

「はい。おかげさまで。岩井さん、今日のお仕事は……」

「自主休暇」

笑いながら言う岩井に、和羽は小首を傾げた。

けれど岩井はそれ以上説明するつもりはないらしく、近くのフレンチレストランへ和羽を半ば引きずるようにして入っていく。

「城沢には、ここへ来るように連絡しておいたからさ。のんびり待とうぜ。ここのチーズケーキ、美味《うま》いんだ——すいません、チーズケーキセットで紅茶二つ。あと、お土産用にワンホール用意して」

常連なのか、岩井は窓際の席に陣取ると勝手に注文を済ませて和羽にも座るよう促す。

「チーズケーキが、お好きなんですか?」

「ああ、嫁さんが最近はまっててね。特にここのは、大好きだからいつもテイクアウトしてるんだよ」

にこにこと笑う岩井は、とても幸せそうだ。

人望もあり、同性から見ても性格も容姿も完璧な岩井に見初められた相手はどんな人なのだろうかとつい考えてしまう。

「奥様のこと、大好きなんですね」

「俺のことはどうでもいいだろ。それより城沢の方はどうだ？　ちゃんと講義やってるか？」

照れ隠しなのか耳まで赤くした岩井が、焦った様子で強引に話題を変える。

「おかげさまで、順調です。城沢さんのお話は面白くてとても勉強になります。僕が知りたがっていることを的確に指摘してくれますし。マンツーマンで指導して頂いて、とても感謝しています」

素直に本心を伝えると、岩井が驚いたように目を見開く。

「本当に長瀬は、素直だな」

流石にキスの件は話せないけれど、それを抜きにしても城沢の指導は役立っていると思う。

女性への接し方だけでなく、城沢の教え方はどんな時にも応用が利く。特に初対面の相手と会話することが苦手な和羽にとって、城沢の助言は納得することばかりでとても助かっているのだ。

「俺の紹介だからとか、変な遠慮はしないでいいからな。不満があったら言えよ」

「ありがとうございます。岩井さんにも城沢さんにも、本当に感謝しています」

ぺこりと頭を下げると、何故か岩井が笑みを深くした。

「あの、なにか……」

「前より、表情が軟らかくなったな。それと今までの長瀬なら『迷惑かけてすみません』とか、謝る言葉の方が多かったんだぞ」

「え……」

「勘違いするなって。お礼言われる方が気分いいし、良い変化だよ。しかし城沢も、予想以上に変えたな。あいつの話術は面白いし、俺も参考になるけど。正直ここまで長瀬が変わるとは思わなかった」

岩井の指摘に、和羽は微笑む。

「城沢さんと一緒にいると楽しくて、いつも時間をオーバーして話し込んでしまうんです」

あくまで講義だが、お見合いのための勉強だということをいつも忘れてしまう。

話も面白いが、城沢は相手の興味を引く話題が豊富でいつも和羽は話に引き込まれてしまうのだ。

彼がどれだけ面白いか、そして魅力的かを力説していると堪《こら》えきれないとでも言うように岩井が苦笑する。

「お前が城沢に恋してるみたいだな。長瀬のそんな楽しそうな笑顔、初めて見たぞ」

「僕ばっかり喋って、すみません」

「いや、いい傾向だと思うぜ」

まるで弟にでもするように、岩井が和羽の頭を乱暴に撫でる。

信頼できる先輩という認識は変わっていないが、それに加えて岩井は『兄』のような存在になりつつあった。

——岩井さんとも、気楽に話せるようになってる。これも城沢さんのお陰かな。

「城沢も意外と、長瀬を本気で口説く気だったりしてな」

茶化されると分かっているのに、和羽は真っ赤になって俯く。

店内の照明が暗めで助かったと思いつつ、顔を隠すようにして紅茶のカップを口元に運んだ。

明らかに動揺している自分自身に、和羽は困惑する。

笑って否定すればいいのに、それすらしたくないと考えている自分を自覚してしまった。

——そういえば……。

ふと城沢が『講義の一環』と言いつつ、恋人同士のように触れてくる時間が増えていると気が付き赤くなる。

キス以外にも、手を繋いだり腰に手を回してきたりと密着することが多い。

「城沢さんは男なのに……好きになるなんて、変ですよね」

「そうは思わないけどなあ。俺は気が合えば、性別に拘らないし。嫁さんが来る前は、性別関係なく恋人にしてたから気にならないんだよ」

「そうなんですか？」

「気に入ったなら、とりあえず付き合ってみればいいんじゃねえの？」

あっけらかんと岩井は言うが、これは所謂性的指向のカミングアウトというものではないかと和羽は驚く。

けれど岩井が余りにも堂々としているので、ごく普通の恋愛遍歴のように聞こえてしまうから不思議だ。

「あ、これは俺の考えで。長瀬に押し付けてる訳じゃないからな」

岩井は、飲み会に出ると必ず女子に囲まれる。本人も楽しげにしているので、まさかそんな発言が出るとは思わなかった。

「岩井さんて、結婚してましたよね……まさかとは思いますけど……」

「ん、ああ。もう嫁さん一筋だぜ。すっげー美人で、なにより運命の相手なんだ。って俺惚《の》気《ろけ》始めると三時間は語るからこれ以上は止めとくけどさ」

苦笑する岩井の顔は、とても優しい。

きっと岩井は結婚相手を心から愛しているのだと、和羽にも分かる。自分も彼のように、相手を大切にできるのかと不安になる。

けれど自由な恋愛なんて、自分には無理だ。これまでも散々逃げ回ってきたのに、本家は和羽の家族が住む場所を必ず探し出した。

父が生きていた頃は、一定の距離を保っていたものの、和羽が一人になった途端こうしてお見合いだ何だと接触を図ってきている。

本家の事情は分からないが、跡継ぎの候補として有力な和羽を利用するつもりでいることくらい理解できる。防波堤になっていた両親が他界した今、和羽をみすみす逃がしはしないだろう。

そして和羽は本家に居場所を知られている現状で、逃げる術《すべ》を持たない。

せめて見合いの相手を幸せにしなければと決意を新たにした和羽だが、チーズケーキを頬張る岩井がいきなりとんでもないことを言い出す。

「ともかくさ。疑似的なものでも長瀬がそう感じたことで、これからの恋愛経験の糧《かて》になるからいい傾向だと俺は思う。いっそお前から、城沢を襲っちまってもいいんじゃないか？」

「なに言ってるんですか！」

「だから、何事も経験だって。そう硬く考えるなって」

「岩井さんが軽いだけです」

「お、やっと先輩に反論できるくらいの気概は出てきたな」

失礼な態度を取ったことを謝罪しようとしたが、手で制される。

どこか楽しげな岩井に、和羽は戸惑う。態度が良くないと叱責《しっせき》されるならまだしも、こんな反応は想定外だ。

「私と話しているより、楽しそうだね。和羽君」

背後から城沢の声が聞こえて、和羽は飛び上がらんばかりに驚いた。

「なんだ、早かったな城沢」

「君が和羽君とデートをしているとメールして来たからね。悪戯《いたずら》されてしまわないか心配で、急いで駆けつけた次第だ」

何処《どこ》まで冗談なのか分からないほど、城沢は真顔で言ってのける。

しかし岩井は全く動じず、笑顔で肩を竦めた。

「紹介した手前、講義の進行状況を確認してたところだよ。真面目な長瀬がどうなるか、不安だったんだけど随分懐いてるみたいだし安心した。その気にさせるのはいいけど、ちゃんと責任取ってやれよ」

「ちょっと、岩井さんっ」

含みを持たせた言い方に嫌な予感がして咄嗟《とっさ》に遮ろうとするが、和羽の制止程度で岩井が喋るのを止めるわけがない。

「こいつに足りなかったのは、恋愛する感覚だからな。城沢なら上手くやってくれると思ったけど、正解だった。あと、自己主張もできるようになってきてる。長瀬はいい方向に変わってきてるよ」

笑っているが、眼は真剣だ。

岩井なりに、和羽を心配しているのは知っていたが、その口ぶりから自分が思っている以上に気遣われていたのだと知る。

「じゃ俺は、嫁さん待ってるから帰るぜ。これからも長瀬を宜《よろ》しく頼む」

そう言って岩井は席を立ち、挨拶《あいさつ》もそこそこに店から出て行った。

ある意味、恥ずかしい隠し事を暴露された形になった和羽は、いたたまれない気持ちになる。

――どこから聞いてたんだろう。ぼかして話してたけど、城沢さんなら気が付くだろうな。講師である城沢に疑似恋愛的な感情を抱《いだ》いているなんて知られたら、絶対に引かれる。

「彼は相変わらずだね」

悶々《もんもん》とする和羽に気付いていないのか城沢は苦笑して、岩井の座っていた椅子《いす》に腰を下ろす。

そして通りかかったウエイターを呼び止めると、スパークリングワインとオレンジ系のカクテルを頼んだ。

「この店は、岩井君が教えてくれたんだよ。夜になると、照明を落として昼とは違った雰囲気になる」

そういえば……と和羽は、薄暗くなった店内を見回す。

灯《あか》りだけで、大分店の雰囲気は変化している。客層も女性だけのグループと、カップルが半々といった感じだ。

テーブルの配置もさりげなく換えられていて、隣の声が程よいざわめき程度になるよう配慮されている。

ここでやっと、和羽は城沢が話題を変えてくれたことに気が付く。

そっと彼の顔を窺《うかが》うが、気を悪くしている雰囲気ではないので内心ほっとする。

「岩井さんとは、知り合って長いんですか?」

「いいや。仕事の関係で二年ほど前に会ったんだ」

「じゃあ僕と同じくらいの付き合いなんですね。休学してたから大学に戻っても馴染《なじ》めなくて、そんな時に飲みに誘ってくれたのが岩井さんなんです」

目の前に、オレンジベースのカクテルが置かれる。一口飲むと、緊張で喉が渇いていたのか一気に飲み干してしまった。

「ところで、さっきの話の続きだけれど。和羽君は少なからず、私に恋愛を含んだ好意を持っていると取っていいのかな」

「えっと、あの……それは」

てっきりその話題は聞かなかったことにされると思っていたのだが、城沢はいきなり核心を突いてきた。

「疑似的な恋愛感情でも気持ち悪いですよね。ごめんなさい」

「いや、岩井君の言うとおりだよ。君に足りていなかったのは、『恋をする感覚』だ。これまでの触れ合いも、君に私を特別だと意識させる意図を持って行っていたんだよ」

城沢の言葉は、何処までも冷静だ。

じっと目を見て話す城沢に、どうしてか和羽は胸の奥が痛む。

「えっと、じゃあ……言い方は変ですけど、その……キスをするときに……」

口説くようにしていたのは演技？　なのかと、つい呟《つぶや》いてしまう。

そんな和羽をからかいもせず、むしろ逆に真摯《しんし》な態度で城沢が答えた。

「キスをするときは、君を恋人のように思っているよ。確かに君に『恋愛』を教える授業をしているのは事実だ。けれど、本気にならなければ相手の心は動かせない」

——それって……嘘だけど、本気で口説いているってこと？

言われた意味を考えるほど、頭の中がぐるぐるとしてきて訳が分からなくなる。本気なのか、嘘なのか。それとも全て演技なのか。

そして和羽自身も、岩井の言う『疑似恋愛』をしているのか。

——だとしたらお互いに騙《だま》してるってことになる？

けれどそれも、しっくりこない。

気持ちを落ち着けようとして、和羽はまた飲み物を頼む。

「順調だな」

「え？」

聞いたことのない城沢の声音に、和羽は小首を傾げた。けれどすぐに、彼はいつもの柔らかな口調に戻りにこりと微笑む。

「私の『講義』が順調だと言ったんだよ」

でもその目は、獲物を前にした肉食獣みたいだ。

背筋がぞわりと粟立《あわだ》つのを和羽は感じるが、雄《おす》の眼差《まなざ》しに捉えられて顔が熱くなる。

その変化を誤魔化すように、和羽は運ばれてきたカクテルを再び一気に飲む。

「随分ピッチが速いけれど、大丈夫かい？」

「平気です」

気恥ずかしさを酔いで誤魔化してしまいたい。そんな気持ちが先に立って、和羽は珍しくお酒ばかりを注文した。

弱くはないが、決して強い方でもないのは自覚しているので、自制は利く。

城沢も何か察したのか、講義と言うより珍しく彼の仕事の失敗談などを面白おかしく話してくれる。

「……なんか……すみません。僕いつもより全然、話ができてない……」

曖昧な謝罪にも、城沢は気にするなとでも言うように軽く背中を叩いて微笑むだけだ。気遣いとも励ましとも取れるその言動に、和羽はすっかり安心してしまう。

――城沢さんみたいに、余裕のある男になりたかったなあ。

本家の意向に振り回されるばかりで、やっと逃げたと思ったらあっさり居場所を摑《つか》まれた挙げ句、来月には結婚前提の見合いがセッティングされている。

自分の将来を既に諦めているだけでなく、こうして人との接し方を講義して貰わなければならない自分は、なんて情けないんだろうと思う。

「城沢さんみたいに……なりたかったな」

ぽろりと口を突いた願望に、城沢が苦笑を返す。

そして、和羽の耳元に熱い息がかかる。

「私にはなれなくても、君にしかなれないものがあるんじゃないのか。望むのなら、私が手助けしてもいい」

何処か誘うような響きに、和羽は深く考えず頷いてしまう。

それからは特に何もなく、再び城沢の話術に引き込まれていく。気が付けば和羽は、いつの間にか酔って眠ってしまった。


——あれ……ここ……ベッド？

気が付くと、和羽は見知らぬ部屋のベッドに寝かされていた。柔らかな寝具は、自宅の薄い布団と違い和羽の体を優しく包み込む。

眠る和羽を気遣ってか、室内は最低限の間接照明だけしか灯《とも》されていない。人の気配を感じて視線を彷徨《さまよ》わせると、薄ぼんやりとしたオレンジ色の照明に城沢の姿が浮かび上がって見える。

内装から、ここがどこかのホテルだと和羽も察しがつく。

――そっか……城沢さんと飲んでて、それから……覚えてない。

状況を考えると、自分は酔って動けなくなったのだろう。和羽は自分の失態に気付き急いで城沢に謝罪しようとするが、こちらに背中を向けている彼がスマートフォンで誰かと話をしていると気が付く。

話が終わるまで邪魔をしてはいけないと思い、口を閉ざした和羽の耳に、信じられない言葉が聞こえてくる。

「安心しなさい。もう彼等の好きにはさせない」

その声は憎しみに満ちていて、和羽は何事かと目を見開いた。幸い城沢は、和羽が目を覚ましたと気が付いていないらしく、会話を続けている。

「本家には、少し痛い目に遭って貰わないと……ああ、自覚してもらうには多少……私が全てやるから気にしなくていい」

相手の返事は分からない。だが、途切れ途切れに聞こえる城沢の声だけでも、その内容はかなり物騒なものだ。

「……心配するな。暴力沙汰《ざた》にはしないよ。うん。また連絡する」

話が終わったのか、城沢がスマートフォンをテーブルに置いた。咄嗟に和羽は瞼を閉じて、寝たふりをする。

話の詳しい内容は分からないけれど、城沢が誰かに危害を加えようと計画していると会話から推測できた。

——怖い……どうしよう。

聞いてはいけない会話を聞いてしまった。城沢の黒い一面を目《ま》の当たりにして首筋を冷や汗が伝う。

「和羽君？　起きたのかい」

どうやら和羽が起きたと気が付いたらしく、城沢がベッドに近づいてくる。

「……あ……えっと城沢……さん。すみません、僕寝ちゃったんですね、酔ってご迷惑かけてすみません……すぐ帰ります」

「まだ動けないだろう？　今夜は泊まって行きなさい。まあ帰すつもりはないが」

「え？」

ネクタイを緩め、城沢が片手で和羽の頬を押さえた。ぞくりと全身が粟立ち、和羽は闇雲《やみくも》に手足をばたつかせて逃げようとする。

「嫌っ……離して、下さい」

「それはできないな」

「勝手なこと、言わないで……もう帰ります」

「その恰好で？」

一瞬何のことか分からなかったが、かけられていた毛布を捲られた和羽は息を呑む。眠り込んでいる間に、下着も何も全て脱がされていたのだ。

驚いて動きを止めた和羽に、城沢が更に顔を寄せてくる。

「大人しくしていれば、乱暴にはしない」

耳元で低く囁かれ、和羽は首まで真っ赤になった。先程から感じていた城沢の違和感は、彼が雄の欲を隠していないからだと気が付く。

大きな掌《てのひら》で鎖骨から脇腹を撫でられて、和羽は小さく悲鳴を上げた。

「っ、ん」

恋愛経験はない和羽だが、性的な対象とするのは女性だった。城沢に講義を受けてから、彼に対してだけは特別な感情を持っていると自覚したけれど、ここまで直接的なことを望んだり想像したことはない。

なのに城沢に愛撫《あいぶ》されて、体は感じてしまった。

混乱して言葉がでない和羽に、城沢が低く囁きかける。

「君は楽にしていればいい」

「で……も……」

身を捩《よじ》って手から逃れようとしても、城沢に押さえ込まれてまともに動けない。

しかし無理に体を開いたりせず優しい愛撫を施す城沢に、和羽は何故か抵抗できない。

城沢の手が、和羽の中心を握り込む。同じ男の手なのに、愛撫されて感じるのは嫌悪ではなく強い快楽だ。

根元から丁寧に扱《しご》いたかと思えば、今度は爪《つめ》の先で鈴口を擽《くすぐ》る。

性的な経験の浅い和羽は、ものの数分で彼の愛撫に陥落した。先走りを滲《にじ》ませた先端がびくりと震え、城沢の掌に蜜《みつ》を吐き出す。

「やっ……あ……」

――僕、城沢さんの手で……っ。

真っ赤になった顔を両手で覆い、和羽は情けない顔を隠す。

他人の手で射精させられた羞恥《しゅうち》に、いたたまれない気持ちになるが城沢は構わず敏感な中心を扱き続ける。

「や、もう……だめっ」

幹に残っていた残滓《ざんし》を全て絞られ、和羽は浅い呼吸を繰り返す。すっかり弛緩《しかん》した体をべッドに投げ出し、ぼんやりと天井を見ていた和羽は城沢が自分の上から退いて服を脱ぎ始めたと気が付く。

ここまでくれば、次に何をされるかなんて鈍い和羽でも分かる。逃げるならこれが最後のチャンスだけれど、快感の余韻に浸る体は動かない。

――……違う、僕の体……期待してる。

恥ずかしい欲求だけれど、否定できない。

初めてで、それも同性に犯されるという状況にも拘わらず自分は城沢からの愛撫を欲しているのだ。

「いい子だ、和羽。私の言うとおりにしていれば、君に辛い思いはさせないよ」

仰向《あおむ》けのまま、和羽はこくりと頷いた。

両膝《りょうひざ》を摑まれて、左右に割り広げられる。内股《うちもも》にぬるりとしたモノが触れ、和羽はひくりと喉を鳴らす。

「体の力を抜いてごらん。ゼリー付きのゴムだから、楽に入る」

避妊具を付けた城沢の雄が、後孔に宛《あて》がわれた。

「あっ」

――今……城沢さんと、セックスしてる。

先端をゆっくりと挿れて、馴染むと一度抜く。

そして城沢は和羽の様子を見ながら、再び挿れてくる。もどかしいほど緩やかな挿入に、和羽は無意識に腰を浮かせて城沢が挿れやすいような姿勢を取った。

「君の中は、とても私を好いてくれているようだね。でもだからといって、いきなり挿れるのは負担が大きすぎる。だからもう少し我慢しなさい」

「っん……は、い」

じっくりと解しながら城沢の雄が根元まで挿入される頃には、和羽は全身がしっとりと汗ばみ数回緩やかな絶頂を迎えていた。

「痛むかい?」

「……いえ……ひっ」

答えると下腹部に力が入り、勝手に中の雄を締め付けてしまう。すると信じられない甘い声が、唇から零《こぼ》れた。

痛みよりも、内側を擦《こす》られて生じる刺激の方が強すぎて、勝手に腰が浮いてしまう。

「な、に。これ」

「ここが前立腺《ぜんりつせん》といって、男なら誰でも感じる場所だよ」

「っく、ひ」

「少し膨らんでいるのが分かるだろう。ほら、この当たりだ」

「あんっ」

軽く腰を引き張り出した部分で一点を擦りながら、城沢が和羽に丁寧な説明をする。彼の声は冷静なのに、自分ばかり乱れていくことが恥ずかしい。

「前も勃ち上がってきたね」

「あっぁ」

既に和羽の酔いは、完全に覚めている。なのに頭の中はぼんやりとして、繋がった場所からわき起こる快感を貪《むさぼ》り続ける。

——こんな、おかし……い。

「前立腺の場所は覚えたね？　次は、奥で感じられる場所を探そう」

ぐいと突き上げられて、和羽は喉を反らす。

苦しいのに気持ち良くて、目尻に涙が浮かぶ。

和羽は城沢にされるまま、淫《みだ》らな声を上げ続けた。

「やっ……もう……苦しい、抜いて」

「流石に中だけでイくのはまだ無理か」

繋がった部分は熱くて、自身も勃起しているのに決定的な何かが足りない。出口を塞《ふさ》がれたまま嬲《なぶ》られるような感覚に、意識が途切れそうになる。

「城沢、さん……」

「痛いか？」

「ちが……っ……とけ、そう……終わらないっ」

体の変化を思いついた順に訴えるので、自分でも何を言っているのか良く分からない。けれど城沢は察してくれたのか、張り詰めた和羽の自身を掌で包みやんわりと扱き上げた。

「あっぁ」

――なに、これ……変になる。

後孔が剛直を食い締める。

前と内側からの刺激に耐えきれず、和羽は断続的に蜜を放ちながらびくびくと全身を痙攣《けいれん》させる。

「ん……しろさわ……さ……」

「疲れただろう。もう寝なさい、後は私が片付けておくから」

優しく慈愛に満ちた声に、和羽は深く考えず頷き瞼を閉じる。

意識が睡魔に飲み込まれる寸前、城沢がなにか言った気がしたけれど和羽の耳に届くことはなかった。

翌朝、和羽が目覚めるとホテルに備え付けのパジャマに着替えさせられていて、腰の鈍い痛みさえなければ酔って眠ってしまったとしか思えない状況だった。

けれど腰を中心に気怠《けだる》い痛みが残っていたし、城沢も平然と昨夜の行為を気遣うようなことを言うので、嫌でも昨夜の行為は現実なのだと思い知る。

全て思い出した和羽はとても城沢と会話をする気にはなれず、無言のまま城沢に促されて彼の車に乗りアパートへ送り届けてもらった。

本当は電車で帰りたかったのだけれど、顔色が悪いからと押し切られて仕方なく従ったが、決して昨夜の行為を許したわけではない。

——どうしてあんなことまで……。

アパートに戻った和羽は、微熱が出てその日は休講せざるをえなくなった。

一人で部屋に籠《こ》もって考えていると、夜のことを鮮明に思い出してしまう。

和羽自身はセックスを経験したことはないけれど、城沢が自分を大切に扱ってくれたのは分かる。

全身を丁寧に愛撫し、和羽の快感を優先して行為は進められた。

——全部、説明されながらするのは……恥ずかしかったけど。講義って考えれば当然だし。ってどうして僕は、肯定するようなこと考えてるんだ！

和羽の反応を説明する城沢の言葉は卑猥《ひわい》で、声にさえ感じてしまった。

流石にこの状態で次の講義を受けるとは言い出せず、和羽はこのまま有耶無耶《うやむや》にしようと考える。

岩井は理由を知りたがるだろうけど、『方針が合わなかった』で通せばいい。

城沢も、まさか和羽を犯したとは言わないはずだ。

二日連続で休むのは単位に響くので、和羽は翌日から大学に出た。こんな時、友人がいないのは気が楽だ。

顔色が悪いからたまに気遣う言葉を掛けられる程度で済むし、適当に誤魔化せば相手も必要以上に踏み込んで来ない。

どうにか講義を終え、帰宅しようと門の方へ歩いて行くと見覚えのある男が立っていて、和羽は青ざめる。

「……城沢さん……今日は、お仕事じゃないんですか？」

「君が心配でね。仕事どころではないから来たんだ」

今日は木曜日だから、彼はホストとしての業務がある日だ。

それに和羽の不調の原因でもあるのに、本気で心配している風に言われて流石にむっとする。

「辛そうだね。車に乗りなさい、家まで送ろう」

——誰のせいだと思ってるんだよ。

本当は怒鳴りたかったけれど、周囲には学生が多くいる。特に女子は城沢が気になるのか、ちらちらと眺めては何事かを囁き合っていた。

この場で喧嘩でも始めれば、明日には学部中に尾ひれの付いた噂《うわさ》が広がっているだろう。ただでさえ孤立しているのに、これ以上余計なトラブルは控えたい。

和羽は仕方なく、大学近くのコインパーキングに停めてあった城沢の車に乗り込む。

「どうして……僕を犯したのか、説明して下さい」

「女性を満足させるためには、必要なことだろう？」

車を出した城沢は、和羽の問いに平然と答えた。

「必要？　僕は男ですよ」

「君は私に恋愛感情を持ったと言っていたね。だから次の段階に進んだだけだよ」

「あんなことまで……頼んでません」

「では講義は終わりにしようか？　ベッドでの女性の扱いを覚えてからの方が、君の希望に合うと思うが」

勝手な物言いだ。

どうして犯された相手から、説教じみたことを言われなければならないのか分からない。

けれど続いた言葉に、和羽はびくりと肩を震わせた。

「昨夜君は、感じていただろう」

「っ」

一番触れられたくないことを指摘され、両手を膝の上で強く握りしめる。認めたくないことだから、あえて考えないようにしていたのだ。

「落ち着いて、聞いてほしい。男性も女性も、多少違いはあっても感じる部分は似ている。昨日説明しても良かったんだけれど、そんな余裕はなさそうだったから省いてしまったんだ」

いかにも尤《もっと》もそうな言葉に、気持ちが揺らぐ。

「失礼を承知で言うけれど、君はセックスの経験がないね？　そういった店にも行く性格ではなさそうだし、結婚をしたら尚更《なおさら》行かないだろう」

「……ええ、勿論です」

「けれど長く付き合うのなら、余程気が合うか最初から性交渉をしないと双方で決めていない限りセックスはする。その場合、相性が悪いとやはり関係は悪くなってしまうよ」

偽装とは言われてないし、相手の事情は分からないが子供をもうけることを前提とされているなら相手に負担がかかる。

本家の意向で結婚させられるのだから、跡取りとかそういった問題も絡むのは想像できた。

考え込み黙ってしまった和羽を見て勘違いをしたのか、城沢が思ってもみなかったことを切り出す。

「本来なら先に確認を取って、行為を指導する女性を紹介するべきだったね。すまない……君が希望するのなら、岩井君には言わずに手配しよう」

「そこまでして頂かなくても結構です！」

言葉尻が強くなってしまったのは、酷《ひど》く嫌な気持ちになったからだ。

そういった仕事で生計を立てている女性がいるのは理解していても、和羽は頼るつもりにはなれない。

しかし城沢は、和羽が遠慮していると思っているようだ。

「いや、見極めきれずに抱いてしまった責任がある。むしろ私より、そういった女性の方が、的確な指導ができる」

——言ってることはわかるけど、なんか嫌だ。

そういった女性に、偏見があるわけではない。自分の置かれた状況を鑑《かんが》みれば、城沢の言うとおりにした方が正しいとも思う。

けれど感情的に、どうしても頷けなかった。

「幾つか、お聞きしたいことがあるんですけど」

「聞きたいことがあるなら、君の納得いくまで質問してくれて構わない」

「城沢さんは、その……慣れてましたけど」

——僕は何を聞こうとしてるんだろう。

同性との経験がなければ、あんなに丁寧なセックスはできないだろう。けれど彼の性的な経験と、今回の件とは何の関係もない。

むしろ城沢のプライベートに踏み込んだ和羽の方が、失礼に当たる。

言い淀《よど》むと、城沢が察してくれたのかいつもの優しい笑みを浮かべてこともなげに答えてくれた。

「男性経験はあるよ。恋愛感情は伴わない関係ばかりだけどね。仕事柄、希《まれ》に同性から抱いて欲しいと求められて、相手をすることもある。この職業の者が全員そうではないし、拒否する人も多い」

「その時は気持ち悪いとか、感じなかったんですか？」

「私は仕事と割り切っていたから、抵抗はなかったな。なんていうか、割り切ったお客としか関係は持たなかったからね」

口調からは、取り繕っているようには感じられない。

「大抵は数回寝ただけで、関係は終わったよ。お客の中には、ベッドでしか本音を出せないお客もいたから……まあ、セラピーも兼ねていたのかな」

口調から、あくまでビジネスの延長だと分かる。そして『セラピー』という単語に反応し、安堵《あんど》した自分に気付いて胸の奥がつきりと痛む。

和羽から見ても城沢は格好いい。

城沢に抱かれ、心に蟠《わだかま》るストレスを告げることができたら、たとえそれが疑似的な恋愛でも、大分心は軽くなるだろう。

――仕事だって分かってても、なんか嫌だな。

城沢が他人を抱いている姿は、簡単に想像できる。

けれど同時に、胸の痛みは増した。

黙った和羽に、城沢が勘違いをしたのか再び口を開く。

「同性とのセックスに抵抗を感じるのは、当然だよ。和羽君は男と女では、違うと思っているね？　確かにその通りだが、セックスの際に相手を気遣い大切に扱うという点では同じだと私は考えている」

確かに、セックスをすると言うことは、相手に心を許すから成り立つものだ。

その手法を、実際に体験することで覚えればいいと城沢が続ける。

「先程も話したけれど、こういった指導をする女性も知り合いにいる。セーフセックスは当然だが、避妊薬の代金や万が一の場合は責任を取ることも視野に入れなくてはならないから、リスクはそれなりにある」

「『責任がある』って言いましたよね。だったらその、抱き合う際に必要な気遣いとか……そういった知識を、城沢さんが全て教えて下さい。誰かに丸投げするより、城沢さんが教えてくれる方が筋が通ってると思います」

「君は本当に……真面目だね」

和羽なりに考えたことを言っただけなのに、どうしてか城沢が驚いた様子で目を見張る。

「先に言ったのは城沢さんじゃないですか」

「そうだね」

柔らかく微笑む城沢に、和羽は複雑な気持ちになった。

自分と彼の関係はあくまで講師と生徒だ。

それに城沢の申し出は、正しいとも言える。それを自分から突っぱねて、城沢との性行為を望んでいる。

「一応言っておきますけど、城沢さんには講師として仕事をお願いしているだけです。別に同性とのセックスを望んでいる訳じゃなくて……」

「分かっているよ。途中で講義を放り出すような誤解をさせてすまなかったね」

謝罪する城沢の態度は、真面目そのものだ。

けれどどうしても、和羽には気になって仕方のないことがある。

「あ、あの」

「どうしたんだい?」

誠実な眼差しを向けられ、どう切り出せば良いのか一瞬迷った。

あの夜、城沢が電話で話していた会話は何か聞きたいけど、自分の聞き間違いかと思い言い出せない。

「……えっと、なんでもないです」

『本家』という単語がどうしても気になるのだ。それに、幼い頃、確か近所に『城沢』という一家が住んでいたのは記憶している。

――別人……だよな。僕が本家の『古川《ふるかわ》』だって知ってたら、紹介された時に聞いてくるだろうし。

現在名乗っている長瀬の姓は、母方のものだ。しかし『本家』という単語に過剰反応してしまう和羽は、どうにも気になる。

事情を知らないのなら気にも留めないが、あの街で本家に関わって暮らしていた人々なら、母の姓である『長瀬』を知らないほうがおかしい。

和羽にしてみれば、子供の頃の思い出は楽しくないものばかりだ。父は本家の跡取りで、和羽もいずれは家を継ぐのだと親戚一同から大切にされていたけれど、それは子供にとって息苦しい環境でしかなかった。

実際、家でも学校でも『本家の跡継ぎ』という目に見えない壁のせいで、同級生達はみな和羽を遠巻きにしていた。

嫌われていると当時は思っていたが、今なら彼等の親が『跡取りに怪我《けが》でもさせたら問題になるから』と、わざと近づかないように言い含めていたのだろう。

子供らしい些細《ささい》な喧嘩もすることがなく、近づいてくるのは一部の大人達と同じように媚《こ》びることを覚えた親戚の子供ばかり。

幼い和羽でも、周囲が自分自身ではなくその背後にある『本家』という恩恵にあずかりたいがために近づいてきていると知ってからは、酷く悲しい気持ちになった。

そんな中で長年暮らしてきた父は、自分以上に苦しみ結局跡取りの重圧と周囲の媚びへつらいに耐えられなくなり、母と自分を連れてあの町を出た。

ただ普通に暮らし、同年代の友人達と喧嘩をしたり語り合ったりするという、普通のことがしたかっただけなのに、それすら許されない環境。

逃げてからの暮らしは決して楽ではなかったけれど、家族三人で団らんする時間は幸福だったのを覚えている。

「——和羽君？　聞きたいことがあるなら、遠慮しなくていいんだよ」

「す、すみません。本当に、何でもないんです」

時々過去の出来事を思い出すけれど、大抵はぼんやりとした曖昧な内容だ。

——城沢さんはなにも言わないんだから……きっとあの電話は僕には関係ないことだ。

内容は物騒に聞こえたけれど、それは断片的に聞いたから自分が勘違いをしただけかも知れない。

それに盗み聞きをしたと知られたら、城沢も気を悪くするだろう。

「じゃあ、次の講義からは——いいね？」

何が、なんて聞かなくても分かるから、和羽は赤くなった顔を伏せてこくりと頷く。

これで、城沢とのセックスは合意のものとなった。


城沢の講義は、大抵レストランか落ち着いた雰囲気の喫茶店で行われる。メインは女性の心理やエスコートなど、口頭で体験談を交えながら説明してくれるのだ。

それが終わると、その後は必ずホテルへ行くのがいつの間にかおきまりのコースになっていた。

セックスも『講義の一環』として受け入れる意志を示したとはいえ、嫌だと言えば城沢は無理にするつもりはないだろうと想像は付く。

適当に嘘を吐《つ》いて講義を切りあげればいいだけの話なのに、どうしてか和羽は城沢に誘われるままホテルに入ってしまうのだ。

その夜も、城沢は外資系ホテルのスイートにチェックインをすると、和羽を伴いエレベーターに乗る。

案内係は付けず、城沢が利用しているいつもの部屋へと向かう。部屋に足を踏み入れてしまえば、和羽の体は自然と熱くなる。

それほどまでに、この短期間で城沢は和羽の体を開発してしまっていた。

「和羽君、今日は体の奥を集中して刺激しよう」

「……はい」

キスをしながら服を脱がされる。その間に、城沢はこれからベッドで行う内容を、丁寧に説明するのだ。

羞恥に顔を歪《ゆが》める和羽に構わず、城沢は体の何処が感じやすいのか淫らな説明を冷静に口にする。

「前立腺の愛撫にも大分慣れてきたことだし、そろそろ挿入だけでイけそうだね」

「そんなこと、ないですっ」

「素直になりなさい。個人差は多少あるけれど、感じやすい場所は大体同じだ。それに恥ずかしさを克服すれば、抱く側になった時に相手を気遣えるだろう」

尤もなような、そうでないような説得だが和羽に反論する余裕はない。

服を脱がされた和羽は、ベッドへ上がるように促される。そして城沢も、その逞《たくま》しい肉体を見せつけるようにスーツを脱ぎ始めた。

着痩せするタイプの城沢は、肌を曝《さら》すと均等に付いた筋肉がむき出しになり和羽はいつも見惚れてしまう。仕事だと割り切っている城沢は、明るい室内で裸になることにも抵抗はないようだ。むしろ和羽の方が気恥ずかしくなり、途中で視線を逸らしてしまう。

細く弱々しい自分とは違う完璧な雄に、これから組敷かれるのだと意識して、自然と腰が甘い熱を帯びてくる。

「今日は口頭での講義に時間がかかったから、愛撫は後日にしよう。今夜は君の中を、クリームを使って集中して責める。いいね」

「でも……」

つまり、ほとんど解さずに雄を挿入するのだと、城沢は言っているのだ。

いくら慣れてきたといっても、硬い城沢の雄をそのまま挿入するなんて無理に決まっている。

「念のために、いつもと違うクリームと、中を解す成分の付いたゴムを持って来ているから、傷つけたりはしない」

「……分かりました」

初めて犯された夜はいくらか血は出たけれど、それ以降は少しは痛くても敏感な後孔を傷つけるようなことはしない。

だから今夜も、城沢を信じて体を委《ゆだ》ねれば、きっと彼が上手く抱いてくれるだろうと考える。

「仰向けになって、両膝を立てなさい。そう、そのまま脚を開いて」

大人しく従うと、城沢は用意していたクリームの入ったチューブを開けて和羽の後孔に宛がう。

そして大量のクリームを中へと押し出した。

「あっあ……冷たいっ」

「脚を広げて、動くんじゃない」

「っう……あ」

ぬるぬるとしたモノが奥に入り込んでくる。時折城沢の指が尻に垂れた分を拭って、入り口の周囲に塗り込める。

異物を受け入れて苦しいのに、和羽は確かに感じていた。城沢の長い指は丁寧に襞《ひだ》を解し、反応する部分にはより多くクリームを塗り込めていく。

「和羽君は、前立腺より奥の方が感じるようだね」

自己主張して硬くなった中心は勿論だが、前立腺を抉《えぐ》るように突かれると和羽の体は簡単に上り詰めてしまうのだ。

指だけで奥を刺激されるのにはまだ慣れないけれど、このまま愛撫を続けられたらきっとイけるようになるだろう。

「い、言わないで。下さいっ」

「口にすることで、相手に意識させて性感を高めていくのも一つの方法だよ。そして相手が素直に感じていることを認めたら、ご褒美をあげることだ」

「ごほうび……?」

意味は分からないけれど、城沢の口調から淫らな期待を持ってしまう。

「素直に何処が感じるのか言ってごらん。どういうご褒美を与えるのか、教えて上げよう。嫌なら、言わなくても構わないよ」

——これは講義の実習なんだ。ご褒美が欲しくて、言う訳じゃない。

快感を知ってしまった体は、誘惑に勝てるわけもなかった。そう自分に言い訳をして、和羽は震える唇を開く。

「……奥、強く擦られるの……好きです。前立腺も、すごく感じます……ひっ」

指の数が増やされ、前立腺を強く押してから、内壁をゆっくりと擦り上げて一番奥を強く突かれた。

「ここだね?」

「あっぁ」

びくびくと体が震えて、和羽は無意識に逃げようとするけれど力が入らない。それどころか指を奥へと誘うように、襞が淫らにうねる。

「指では物足りないだろう?」

問われて、こくこくと頷く。するとあっさり引き抜かれ、代わりに熱い剛直が後孔を塞いだ。

そして一気に、クリームで解された内部に雄が入り込んでくる。

「んっ……あ」

クリームと粘液の混ざった淫らな音が、体の中から響く。強い力で腰を摑まれ、乱暴とも思える動きで激しく揺さぶられた。

それなのに内部は与えられる刺激に歓喜して、唇からは嬌声《きょうせい》があふれ出て止まらない。好きなところを重点的に擦られ、和羽はいやらしい感覚に酔いしれた。

「は、ひっ……いいっ」

「物覚えのいい体だね。教育しがいがある」

「あ、あっ。なに、これっ……」

唐突に、絶頂一歩手前の感覚が生じた。

鈴口から先走りが溢《あふ》れて、幹を伝い落ちる。

——イきそうなのに、イけないっ。

必死に雄を締め付けると、城沢はわざと和羽の感じる部分を外して動く。

内部を焦《じ》らされ間に乳首を摘《つ》まれたり、首筋に舌を這《は》わされたりして、全身の性感帯を極限まで嬲られる。

「……い、やっ……も、ゆるして……」

涙を零しながら、和羽は情けなく懇願する。

「ごほうび、いらないから……いか、せて」

「大丈夫だよ、和羽。今している愛撫は、ご褒美をあげるための準備なんだ。私を信じて、全て委ねなさい」

「城沢さん……？　っ……」

内部を突き上げる動きが、激しくなった。

無意識に引きそうになる腰を摑まれ、悦い部分ばかりをカリでぐりぐりと抉られる。

「あっ、ぅ……なか、駄目っ」

舌足らずに声を上げ、背を反らす。勃起した和羽の自身は城沢の腹筋に当たっているけれど、射精の刺激には足りない。

和羽の体は明らかに、中から伝わる快感だけで上り詰めていった。

「ひっ」

反らされていた背が今度は丸まり、和羽は額を城沢の胸に押し付ける。強い射精衝動に腰が震え、雄を銜《くわ》え込んだまま和羽は射精した。

「初めて中の刺激だけで射精できたね。君はとても優秀だ」

誉《ほ》められキスをされる間も、内壁は雄を喰《く》い締めて痙攣する。頭を撫でられ、まるで子供扱いだが、していることは酷くいやらしい。

城沢の口調と現実のギャップに、和羽は戸惑いながら彼を呼ぶ。

「城沢さん……僕……」

「怖いんだね？　初めて中でイくのは刺激が強いから。無理もない」

言うとおりなのだけれど、それよりも和羽の体は別のものを欲していた。しかしそれをどう表現したらいいのか分からない。

「その様子だと、まだ続けてできそうだ。私の腰に脚を絡めて、もっと中を締め付けてごらん」

躊躇《ためら》いはあった。

けれど、体の方が快楽を欲して勝手に動いてしまう。

脚を絡み付かせただけでなく、自分から腰を上げて城沢がより奥まで挿入しやすい体位を取った。

もうこの体は、すっかり城沢を受け入れてしまっているのだと自覚させられる。

従順な反応をする和羽へ褒美を与えるみたいに、城沢が最奥《さいおう》を小刻みに突き上げた。

「ぁ……い、く……」

「いい子だ、和羽。お互いに快感を分かち合うことは、重要だと分かるだろう。そのまま私がイくまで締め付けることができたら、今夜の講義は終了だ」

淫らな命令に、和羽の体は期待と恐怖に戦慄《おのの》く。

「そんな、ことしたら……ずっと……イく……とま……なくなる……」

「そうなるように指導しているんだよ。女性の快感を体験しておけば、相手の様子を見ながら加減の仕方も分かるだろう？」

淫らな説明に、腰の奥が疼《うず》く。

けれどこんなにも強い持続する快感を知ってしまったら、自分は城沢以外ではイけなくなってしまうのではと怯《おび》える気持ちもある。

「やりたくないのなら、止めようか？」

この状態で抜かれても、和羽には腰に溜まった淫らな熱を発散させる術がない。前を扱けば射精はできるけれど、今の自分はそれだけでは足りないと分かっていた。

「いや。最後まで、して……ください」

「どうして欲しいか、言葉にしてごらん」

少し躊躇してから、和羽は震える唇で懇願する。

「……城沢さんも、僕の中で……イッて……」

城沢はセックスの際には必ず避妊具を付けてるので、射精しても直接精液が注がれる訳ではない。これまで避妊具なしでの行為はしたことがないのに、和羽の中は確かにそれを欲していた。

『講義』だから仕方ないと自分に言い訳をして、己の欲求を満たすために拙《つたな》く腰を使う。

「っん、あっ」

「和羽……」

体の奥で城沢の雄がびくりと跳ねる。

ゴムが邪魔をして彼の飛沫《しぶき》を感じることができないのが、もどかしい。

――もっと、欲しい……。

彼の全てを受け止めて、所有されたいという欲求が和羽の心に生まれる。

それを疑問に思うこともなく、和羽は自身の意識が途切れるまで脈打つ雄を締め付けた。


「――目が覚めたかい？」

「しろさわ、さん……」

自分が城沢に抱かれたまま微睡んでいたと気付いた和羽は、慌てて起き上がろうとする。

「すみません。腕、疲れたでしょう」

「君はおかしなことを気にするんだな」

片手で引き留められた和羽だが、城沢の腕が痺《しび》れてしまうのを危惧《きぐ》して少し距離を取る。

そこで自分の体が綺麗に拭《ふ》かれ、バスローブに包まれていると知る。

「腕枕って神経が圧迫されるから、よくないって聞いたことがありますよ」

「平気だよ。上手く肩のところに乗せれば、大丈夫。ちょっとしたコツもあるから、和羽君にもそのうち教えるよ。それに、朝までこうしている訳じゃないから、心配しなくていいよ」

そういえばセックスも、講義の一環だったと今更思い出す。

——駄目だ、割り切ってた筈なのに。

こうしていると、彼の温《ぬく》もりが感じられて無意識に体をすり寄せてしまう。

幼い頃からあまりスキンシップを取ったことのない和羽にとって、城沢と体の関係を持ってしまったことも驚きだが、嫌悪感なく受け入れている点も冷静に考えると自分でも信じられない。

本家のある町を出てから、両親は共働きで苦労していた。和羽を邪魔にするようなことはなかったけれど、心身共に疲れている親を見ていれば我《わ》が儘《まま》を言ったり抱きついたりと子供らしいことはしていなかった。

転校も繰り返していたから、特別仲の良い友達はできなかったし恋人に至っては言うまでもない。

「痛むところはあるかい?」

「ちょっとだるいけど。痛みはありません」

正直に答えると、苦笑する城沢に頭を撫でられる。本当の恋人同士のような触れ合いに、和羽はうっとりと目を細めた。

セックス講義の後は、いつもイきすぎて失神してしまう。後始末も全て城沢に任せきりになってしまうのに、彼は嫌な顔一つしない。

それどころか和羽を気遣い、世話を焼いてくれるのだ。

行為に慣れた大人。と言ってしまえばそれまでだけど、こういった触れ合いを初めて経験する和羽にとって城沢の後戯は特別なものに感じる。

されていることはあくまで『女性に対する行為を、経験するためのもの』でしかないのに、触れてくる城沢は優しくて和羽は自分の気持ちが彼に惹かれていくのを自覚していた。

「あの、面倒じゃないですか？」

「和羽君は他人を愛したことがないと言っていただろう？　言葉で説明するのには、時間が足りないし、実際にされてみた方が理解も早いと思うが」

「……そうですよね……」

けれど実際は、抱かれていると感じすぎて和羽は途中から快感に溺れて訳が分からなくなってしまう。

女性に対する気遣いや愛撫の仕方など、覚える余裕などないのが現状だ。考え込んだ和羽に、城沢が触れるだけのキスを繰り返しながら囁く。

「セックスの講義はまだ終わっていないよ。ベッドに居る間は、私に集中しなさい」

唇を軽く吸われ、指先で耳を擽られる。行為が終わったばかりの体を煽るには、十分過ぎる刺激だ。

自然と腰が揺れて、落ち着いていた体の芯が熱を帯び始める。

――お見合い相手のために、覚えなきゃいけないのに……。

自分の快楽ばかりを追いかけてしまう浅ましい体に、和羽は目元を染める。

「ぁ……っ」

「短期間で、随分よい反応をするようになったね。丁寧に愛してあげれば、相手も応えてくれる。体験すると、よく分かるだろう？」

「はい……」

冷静に説明をする城沢に、和羽は冷静を装って頷く。軽く触れられただけで、講義など関係なく欲情してしまったなどと知られてはまずい。

――城沢さんは『講義』として抱いてくれてるんだ。変な勘違いをしたら、失礼になる。

一瞬、城沢の恋人として愛されたらもっと気持ち良くなれるのではと考えてしまい、和羽はその危険な考えを慌てて打ち消す。

これまでも何度か生じた感情だけれど、認めるわけにはいかない。

「大分慣れてきたようだね。キスも和羽君の方からのリードが上達している」

「ありがとうございます」

男にキスをされて、更に感じていることを誉められても嬉しくないはずなのに、腰が疼いてしまう。

「今日は疲れただろう。少し眠ってから帰ろう」

けれど和羽が反応していることに気付いていないのか、城沢はあっさりと愛撫を止める。中途半端に煽られた和羽はもどかしげに身じろぐけれど、まさか『して欲しい』など言えるわけもない。

「お休み、和羽君」

「……おやすみなさい」

毛布を掛けられ、その上から城沢の手が和羽の背を優しく撫でる。少し前までは淫らに体を繋げていたのに、今は完全に子供扱いだ。

けれどそんな優しさも、嬉しいと思ってしまう。

しばらくの間、下腹部の甘い疼きに悩まされた和羽だったが、睡魔には勝てず程なく城沢の腕に抱かれて寝息を立て始めた。

既に城沢《しろさわ》に『講義』を依頼してから、一カ月が過ぎようとしていた。

何故《なぜ》こんなことを頼んだのか、未だに城沢は一切聞かない。

ビジネスとしては当然なのだろうけど、単純なエスコート術でないのは城沢も分かりきっている筈《はず》だ。

その証拠に、二人の関係はとても講師と生徒と呼べるものではなくなっている。

第三者からすれば、セフレと見なされても否定できない。

——こんなに悩むなら、今からでも『講義』は断るべきなのに。

待ち合わせのホテルへと歩きながら、和羽《かずは》は色々と考えてしまう。

察しの良い城沢のことだから、お見合いを成功させるためだけにしては随分と焦っていると気付いていてもおかしくない。

もしも聞かれたら答えるつもりでいるけれど、和羽から事情を話す勇気はなかった。

全て打ち明けて、楽になりたいと和羽は思い始めていた。

——岩井《いわい》さんからも、何も聞いていないみたいだし。

完全にビジネスライクなのに、自分だけ本当の恋愛をしているような錯覚を覚えるようになっている。

ベッドでの実技が加わったことも大きい要因だけれど、大学の講義が午前で終わる水曜は、わざわざ城沢が都合を付けて買い物に行ったりもする。本当の恋人同士のように買い物をしたり、時にはテーマパークに誘ってくれる城沢に惹《ひ》かれてしまうのも無理はない。

「こういった場所は、やはり気疲れしてしまうかな」

いつもと同じように、ホテルのバーで城沢の講義を受けていた和羽は、突然問われて気まずそうに小首を傾《かし》げる。

「えっと」

ソフトドリンクで口を湿らせ、どう答えようか考える。

強いお酒は初めて抱かれた日に酔いつぶれたこともあって、以来飲み物を頼むときは軽いワインかソフトドリンクだけにしていた。

「正直に言ってくれていいんだよ」

この店は、岩井が初めて城沢を紹介してくれた場所だ。

以来、よく利用している。

落ち着いた雰囲気のバーは好きだけれど、自分が場違いだと自覚しているから、どうしても畏縮《いしゅく》してしまうのだ。

「……まだ慣れないんです。実はホテルのバーに来たのは、城沢さんと会ったときが初めてで。今でも緊張します」

「君の年齢なら仕方がないか。けれど、こういった場を経験しておいて損はないよ」

それは岩井や城沢みたいな人なら、仕事上必要だろう。けれどどう考えても、自分がこういった高級店の常連になる未来は考えられない。

和羽は曖昧《あいまい》に笑って、話題を変えようとする。

「居酒屋も、ゼミの飲み会でしか行ったことがないんですよ。というか、カフェとか流行《はや》ってるお店の知識もなくて、学生らしくないですよね」

「だから最初にデートをした時、驚いていたのか」

「普通なら、女の子と出かけたりして慣れていくんでしょうけど。なかなか機会もないし、出かける時間を使って勉強していた方が気が楽って言うか」

「奥手なだけだと思っていたけれど。あまり食事に興味がないタイプなんだね。それだと、女性をエスコートするには……」

城沢はあくまでエスコートの指導のつもりでいたようだが、和羽からすれば基本的に外食だとかそういった店の知識がない。

精々ファーストフード店に入るのが、金銭的に精一杯だった。

「恥ずかしい話ですが。昔から母は体が弱くて。中学に上がる頃に、本格的に容態が悪くなってしまったんです……看取ってから、父と二人暮らしだったこともあって。友人と遊んだり、食事に行くこともありませんでした」

同年代の友人達が経験することを一切しておらず、ゲームや雑誌の話題にもついていけなかった。

それに関して、両親を責める気持ちはない。

むしろ最後まで、和羽の将来を思い『自由に生きて欲しい』と告げて亡くなった父には感謝している。

「その父も倒れてしまって……恋人を作る気持ちの余裕もなかったですし。それに、一人で居る方が気が楽で。こんなんじゃ駄目だって分かってはいるんですけど」

「知らなかったとはいえ、不躾《ぶしつけ》なことを言ってすまない」

「いいえ、僕の事情ですから。もっと早くお話しするべきでした。今更すみません」

言ってなかったのだから、城沢が謝ることではないと和羽は告げる。むしろ過剰に謝罪される方が、和羽としてはいたたまれない。

これまでも信用できそうな知り合いは何人かいたけれど、家庭環境の相談は、言い出せずに終わった。

恐らく、所謂『一般家庭』で育った同年代から見れば、和羽の抱える悩みはとても現実的でないものだからだ。

ドラマや小説の話としてなら受け入れられることも、いざ目の前に本家や跡取りと言った時代錯誤なものに縛られている人が現れればどうしても距離を置いてしまうだろう。

それは仕方のないことだ。

面白半分に聞かれて吹聴されるよりもマシだろうけど、やはり信頼している相手から距離を置かれるのを分かっていて告げるなどリスクの高いことはしたくない。

それを思えば城沢には、和羽は随分と本音を吐露している。

核心はぼかしているけれど、『講義』を頼んだ理由からして不自然なのに、城沢があえて聞いてこない時点で何か察しているのは明白だ。

岩井に家の事情を話したときは、彼の察しがよかったのもあるけど、似たような環境の人を知ってると言われたのが大きかった。

でも城沢は違う。

ホストという少し特殊な職業だが、和羽のような生《お》い立ちとは無縁の筈だ。

「城沢さんと話をしてると、それだけで気持ちが楽になるんです」

「君がお見合いに対して重圧を感じない時間が作れているなら、それは光栄だね」

「ずっと城沢さんの側にいれたらいいな……とか考えたりして。ごめんなさい、僕酔ってますね」

——現実逃避だって、自分でも分かってる。

「君にそう言って貰えるなんて、お世辞でも嬉しいよ」

どこか茶化したような感じの口調に、和羽は首を横に振る。

「お世辞じゃありません！」

自分でも驚くほど強い口調で反論してしまい、和羽は俯《うつむ》く。『講義』の終わりが近づくにつれて、自分の感情が揺れ始めているのは自覚していた。

――いやだな。城沢さんを困らせたくないのに。

けれど口からは、まるで城沢に縋《すが》るような言葉が漏れてしまう。

「城沢さんといると、楽しいけど胸の奥が苦しくなるんです。どうしてかな」

「それを恋って言うんだよ。ただし、いま和羽君が感じているのは私との『疑似恋愛』だけどね」

「えっ」

顔を上げて斜め横に座る城沢を見ると、何処《どこ》か辛そうに笑う城沢と視線が合わさる。

何かを隠している様子の城沢に、言い知れない不安を覚えたけれど、その不安の元が何なのかが分からない。

「城沢さん、あの……僕」

以前話していた『疑似恋愛』とは違うのだと言おうとして、和羽は寸前で口を噤《つぐ》む。

――言ったら駄目だ。

口ごもって、別の言葉を探す。

「あの……このまま、城沢さんとの関係を続けて……少し不安です」

「そういう風に疑問を持てるのだから、大丈夫だよ。むしろ無条件で快感を求めるようになってしまったら、それは私の指導が間違っているということだからね」

少し思案して、城沢が口を開く。

「君が恋愛をしなかったのは、家の事情もあるだろうけど。過去に自分でも覚えていないトラウマがあったんじゃないのかな。初恋の相手に振られたとか、そういった大人になれば他愛のない思い出とかね」

言われてみれば、その通りだと思う。転校を繰り返したからと言って、恋愛ができないわけではない。

これまで深く考えてなかったけれど、確かに過去に何かあったから恋愛に臆病になっていると考えれば辻褄《つじつま》が合う。

そんな事件があったとすれば、本家に居たことだろうと察しが付く。

しかし肝心の記憶は、朧気《おぼろげ》で途切れ途切れだ。

「女性との行為は、また違った快感を得られるからね。異性とセックスができなくなることはないよ。今の君に必要なことは、他人と深く触れ合うことに怯《おび》えない勇気だと思う」

「……はい」

「不安なら、一時的にベッドでの指導は休止しようか?」

「平気です」

咄嗟《とっさ》にそう答えてしまった自分に、内心和羽ははっとする。

城沢の言うとおり不安に思っているなら、過剰な接触は控えるべきなのだ。

――なのに……これじゃまるで、僕が抱かれたがってるみたいだ。

そうじゃないと言いたい。でも城沢だけが欲しいと言ったら彼も流石《さすが》に迷うだろう。これは授業なのだ。


アパートに送って貰《もら》った和羽は、自分の部屋に戻ると灯《あか》りもつけないまま台所へ向かい、買い置きしてあったペットボトルの水を一気に飲む。

けれど気持ちは落ち着くどころか混乱が増すばかりで、フローリングの床に座り込んでしまった。

――どうしてこんなこと、考えてるんだろう？

自分の行動も、気持ちの変化も分からないし認めてしまうのが怖くて心の中で呟《つぶや》く。

帰り際のキスは、いつもと違った。初めて和羽は自分から舌を絡めて、積極的に城沢を求めたのだ。

城沢と体の関係を持った時点で、なにかおかしかったけれど『あれは講義だから』と自分に言い聞かせてきた。

実際、二カ月の期間が終われば見合いをするつもりでいたし、城沢も個人講師として別の客を岩井から紹介して貰うことになるだろう。

お互いに忙しくなるのは分かっていたから、会うこともない。

なのに自分は、今更城沢に対する気持ちに気が付いてしまった。

「好きとか、言えるわけないじゃないか」

城沢はあくまで疑似恋愛を提供してくれただけだ。

方法は和羽からしても常識的とは言いがたいものだったが、たった二カ月で恋愛経験の全くない和羽に、女性への接し方や話術、ベッドでのマナーに至るまで完璧に教え込むには実践が手っ取り早いと言われれば仕方ないと思う。

それも売り上げナンバーワンホストからマンツーマンでの講義、更にほぼ無料という破格の条件だ。

――城沢さんは、仕事として本気で『講義』をしてくれてるだけなのに……好きになったって、困らせるだけだ。

城沢はあくまで『講義の一つ』として自分を抱いているから、決して恋愛感情があるわけじゃない。

何より自分は、結婚前提の見合いを控えている。

なのに彼が好きだと自覚してしまった。

和羽は、城沢に対して隠し事をしているという罪悪感と気持ちを伝えられないもどかしさで、胸の奥が痛くなる。

たとえ見合いを断ったとしても、城沢と関係を続けられるわけではない。これは期限付きの『講義』なのだ。

それに間を取り持ってくれた岩井の顔も、潰《つぶ》すことになる。

「でも、こんな気持ちでお見合いをするのは、相手を騙《だま》してるのと同じだ」

自分に言い聞かせるように、和羽は呟く。

城沢と会う前であれば、恋愛感情のない相手との見合いでも、結婚をしてから家族としての愛を作り上げていけばいいと単純に考えていた。

だがそれも、詭弁《きべん》だったと認めざるを得ない。

今回の見合いは本家の顔を立てた形だが、女性のことを思えば安易にすべきではないと頭では分かっている。

——結局、僕が優柔不断だからこんなややこしいことになったわけだし。

頑《かたく》なに本家との交流を拒んだ父に内緒で、入院費の融資を受けたのも和羽の独断だった。

父の入院費を返せば本家との関係は断てるのに、和羽は言われるまま従ってしまった。そんなことを両親が望んでいる筈がないと分かっているのにだ。

結局のところ、しつこく繋《つな》がりを戻そうとしてくる本家と彼等から逃げていた両親を幼い頃から見て来たせいで、本家への反発と同時にそのしつこさに『逃げられないのでは』と諦《あきら》めの感情が生まれていたのも事実だ。

逃げられないのだから仕方がないと諦めていたが、第三者を巻き込む形になって初めて自分のしてきたことは間違いだったと気が付いた。

——僕は、ばかだ。

無意識に全て本家が悪い、仕方がないと考えることを放棄していたツケが、最悪の形で戻ってきただけだと認めざるを得ない。

——……お見合いは、断ろう。

たとえ城沢と別れることになっても、それはそれで仕方がない。元々は期間限定だったのだから、見合いがどうなっても城沢との接点はなくなる。

情けないなと自嘲《じちょう》気味に呟き、和羽は声を殺して泣いた。

「和羽！　久しぶりだな」

「英次《えいじ》さんも、お元気そうで何よりです」

「そんな他人行儀な呼び方は止《や》めてくれよ。昔みたいに『英次おにいちゃん』って呼んでくれていいんだぞ」

新幹線の改札口から出てきたのは、父の従弟《いとこ》で現当主の三男に当たる古川《ふるかわ》英次だ。歳《とし》は和羽より二つ上の二十五歳で、両親が本家の町を出たきり直接会ってはいない。

今回の見合い話は、英次を経由して持ち込まれたものだ。

恐らく歳の近い英次なら、和羽も大人しく話を聞くだろうという本家の差し金に違いない。

滞在先だと言う駅近くのホテルに案内すると、英次は和羽を誘ってロビーの喫茶店に入る。

「いやあ、写真で知ってはいたけれど大きくなったなあ。昔はひょろっとして、お姫様扱いされてたのに」

「昔の話は止めて下さいよ」

「いやあ、でも顔立ちはお母さんに似てるな。お姫様ってところは変わっていないな、女と間違えられて、ナンパされたりしてるんじゃないのか？」

本家に住んでいるはずだが、英次の口調はかなり下品だ。服も皺《しわ》の寄ったワイシャツで、靴も汚い。

おまけに猫背で、襟足《えりあし》を金に染めた髪がだらしなさを際立たせていた。

既に亡くなったと聞いている祖父母は、嫌味っぽく厳しい人たちだったが、躾に関しても跡取りだからといって甘やかしたりはしなかったのを覚えている。

お陰でどの学校に行っても、教師達や周囲の大人から『礼儀正しい』と誉《ほ》められていたので、躾の厳しい本家の家訓に感謝をしていた。

「その姫って言い方は止《よ》して下さい。今は英次さんのお父さんが継いでるんでしょう？　英次さんこそ王子様じゃないですか」

少しばかりの嫌味を込めたが、どうやら英次はそのままの意味で受け止めたらしく、にやにやと下品な笑みを浮かべる。

「そう思うだろう？　やっぱり俺が、本家の跡取りに相応《ふさわ》しいんだよ。和羽なら分かってくれると思ってたんだ」

「でも……お兄さんがいらっしゃいましたよね？」

確か本家の弁護士経由で、後を継いだ父の従弟には英次の上に長男と長女がいると知らされていた。

それぞれ結婚もしており、子供もいるらしい。

――そういえば英次さんはまだ独身なんだっけ？

本家は和羽一家が町を出た直後に祖父母が相次いで亡くなり、父の従弟が継いだ。

現在、従弟は半ば隠居しており、家督はそのまま古川の長男が取り仕切っている筈である。

本家を従弟が継ぐに当たって、それなりにごたついたようだが結果論として上手く収まったというべきだろう。

だから面倒を引き受けてくれたという認識はあっても、特に深入りした感情はない。そして本家側も同じ気持ちだと弁護士から伝えられていたけれど、とにかく『話がしたい』と言い続ける本家に不信感がある。

それに和羽としては、母の死は本家が直接の原因ではないと分かっていても、体の弱い母を祖母が責めていたのを覚えているから、本家に戻るという選択肢はないのだ。

「ああ、兄が継いだがあれは話が通じなくてな。どうしてもお前の協力が必要なんだ」

「協力って、お見合いですか？　僕としても気になっていたんです。本家は何と言っているんでしょうか。どうも腑《ふ》に落ちないんです」

今更なんで、関わろうとしてくるのか。

自分が接触を避けているのは知っている筈なのに、わざわざ見合い相手を用意する意味が分からない。

本家の跡取りは決まっているから、和羽が戻っても居場所がないのは親族全員が知っている筈だ。

「ああ、まだ言ってなかったか？　これは俺が仕組んでやった見合いだ」

「どういうことです」

問いかけると、英次が声を潜めてにやりと笑う。

「お前も本家には、恨みがあるんだろ？」

「もう関係ありません。それに英次さんのお父さんが本家を継いだんですよね？　実際にはもう、英次さんのお兄さんが仕切ってるって弁護士さんから聞いてます」

そう言うと、英次は煙草を出して苛付《いらつ》いたように吸い始める。

「あいつ等、俺だけのけ者にしやがったんだ。生前贈与も、俺を抜きにして手続きを進めてやがる」

「英次さんも、相続はあるでしょう？」

「頭が悪いな。そんなん、もう使い切ったに決まってるだろ」

呆《あき》れたように笑う英次の態度で、彼がろくでもないことに使ってしまったのだと察した。

「和羽に紹介した女性は本家筋の遠縁の者だ。結婚すればお前の勘当が解かれるのは決まっている。親父は兄貴に家を継がせたが、お前の家と繋がりを持とうと必死だからな」

「どうして……もう何年も、僕はあの町に帰ってないんですよ」

本来なら和羽の父が本家を継ぐ予定だったが、遺産争いの醜さに嫌気が差して家を出たのだ。

母が祖母から『跡取りが一人だと心配だから、もう何人か産め』と責められていたのも大きな原因だと聞いている。

「罪悪感だよ。親父はお前の親を追い出して、本家を乗っ取ったからな。それでお前に許して欲しいんだろうさ」

「乗っ取ったなんて。そんなふうに考えたこともありません」

当時は夜逃げ同然で町を出たが、生活基盤が落ち着いてから正式に書類を作成して本家の遺産を譲るなりなんなりする手続きをとれば拗《こじ》れなかったと今なら分かる。

そんな簡単なことを思いつかないくらい、両親は精神的に追い詰められていたとも言えるが、手続きを怠った結果が本家からの執拗《しつよう》な接触なのだから、ある意味仕方がない。

「ともかくだ。お前が本家と和解すれば、資産の分け前が和羽にも流れてくる。ここからが俺達の復讐計画だ」

「待って下さい。僕はもう本家とは関わりたくないんです。今回のお見合いを承諾したのは、これ以上干渉されたくないから……」

本家の命じた相手と結婚することで、これ以上の干渉は止めてもらう。

この矛盾する考えを指摘されたら、和羽も反論はできなかった。けれど英次にとって、和羽の考えなどどうでもいいらしい。

「やっとチャンスが巡ってきたんだぞ！　本家の正統な血を引いてるのは、和羽、お前なんだ。自信を持て」

「待って下さい。僕の話も聞いて下さい」

「本家には、お前の居場所は話していない。感謝しろよ。まあ逃げたって、俺に金を貸してる連中が探してくれる手はずになってるからな。もう一蓮托生《いちれんたくしょう》なんだよ」

上目遣いで睨《にら》む英次の目は、暗く濁っている。脅しをかけられていると気付くが、和羽にはどうしようもない。

「わざわざ本家に戻してやると言ってんだ。大人しく言うことを聞け。見ず知らずの女がどうなろうと構わないいなら、今の生活を続ければいい」

「関係ない人を巻き込まないでください！」

すると英次は、隠し撮りとおぼしき写真を和羽の前にかざす。

遠目で僅《わず》かにぶれているが、綺麗な面立ちの女性だ。

何処かで会ったような気もするが、きっとテレビで見た女優に似ているのだろうと心の中で結論づける。

「美人だろ。この女はお前と同じように、本家に借金がある。十分関係者なんだよ」

「……もしも僕がお見合いを断ったら、この人はどうなるんですか？」

「女なら、いくらでも使い道がある。それともお前が借金を肩代わりするってのか？」

当然、和羽に貯金はない。

父の入院費を月々返済しつつ、バイトで細々と食いつないでいる状態だ。

「今すぐには無理ですけど。大学を卒業して働けばいいでしょう」

「それまで待てないから、この話をしてんだろ！　跡取りになっちまえば、土地を担保に銀行から借りられるんだ。他にも売れるものは色々あるのはお前も知ってるだろ」

本家の倉に骨董品《こっとうひん》があるのは知っていたが、当時の和羽は幼かったのでそれらがどれだけの値打ちか分からない。

しかしそんなことを抜きにしても、一族が大切に守ってきた品々を軽く売るような真似はしたくなかった。

「諦めろ。万が一お前が裏切って逃げたなら、女は売り飛ばすぞ。それでもいいなら、勝手に逃げればいい」

和羽の性格を知っているからか、英次は下卑た物言いをする。

「お前のせいで、女は一生辛い思いをすることになる。まあ、逃げちまえばお前に責任はないわけだし……なんなら、お前が女を買って返済に協力してやるって手もあるぜ」

心から楽しそうに他人の不幸を語る英次に、吐き気さえこみ上げてくる。

「こちらも準備があるから、それまでに覚悟を決めておけよ。見合いが済んだら、そのまま結納をやる」

それだけ言うと、英次は席を立って何処かへ行ってしまう。

すっかり冷めたコーヒーを前に、和羽はただ俯くことしかできなかった。

「和羽君？」

「あ、すみません」

ぼうっとしていた和羽は、城沢に呼ばれて我に返った。

レストランでの『講義《こ》』を終え、城沢に誘われるままいつも使うホテルへと入った。珍しく行きつけのバーが混んでいたので、今日はそのまま部屋に入り、備え付けのワインを部屋で飲んでいる。

これからすることは一つだけれど、いきなり城沢が手を出してきたことはない。

あくまで雰囲気を重視し、和羽がリラックスした頃合いを見計らってベッドに誘うのだ。

どうしてそんな細かなタイミングが分かるのかと聞いたことがあるけれど、城沢には『相手に不快な思いをさせたくないから、よく観察しているだけだよ』とこともなげに言われてしまった。

恋愛対象でない和羽にさえここまで気遣いができる城沢に、驚くと共にどうしてか胸の奥がちくりと痛む。

城沢が本気で愛した相手はどれだけの愛情を注がれるのだろうか、と自分には全く関係のないことを考えてしまうのだ。

「このところ、体調が悪いようだけれど」

元気のない和羽を心配する城沢に、和羽は弱々しく微笑《ほほえ》む。

「平気です……」

「話したくないなら、強がりもありだと思うよ。けれど無理は禁物だ」

本当のことが言えず言葉を濁しても、城沢は優しく接してくれる。ただ今はその優しささえ、心の重しになる。

「聞かないんですか？」

「今は聞いて欲しくないのだろう？　話せるようになったら、言えばいい」

――城沢さんに全部打ち明けて、縋《すが》りたい。

けれど家の事情を話したところで、何が変わる訳でもない。それに無用な気遣いを、城沢にさせてしまうことにもなる。

――今だって、仕事の合間に指導して貰っているんだから。

父が入院してから、本家への対応は和羽の役割だった。元々病弱な母と、家族を抱え憔《しょう》悴《すい》した父。

そして両親を見て育った和羽には、本家からの接触というだけで精神的に辛いものがある。薄々、自分の心が限界に近づいているのは分かっていた。

その証拠に、今回の見合いの件も英次が主導していると知らされても、突っぱねることが出来ずにいる。

英次は本家から煙たがられているといっても、自分のように絶縁を望んでいる訳ではない。つまり和羽からすれば、英次も本家側の人間だ。

正直、本家のしがらみから逃げ続けるより、どういう形であれ関係を持ち言いなりになっていた方が楽だと考え始めている。

けれど同時に、城沢に縋り助けて欲しいと思っている自分もいる。

「城沢さん……僕、先にシャワーを浴びてきますから……お願いします」

「和羽君？」

「無理はしてません。今日は早く、ベッドでの『講義』をしてほしいだけです」

初めて和羽は、自分から城沢を誘った。


約一カ月半が経過した。

岩井は定期的にメールで『恋愛指導』はどんな調子か尋ねてくる。毎週メールでは報告し、時間が合えば飲みついでに話を聞いてくれる。

個人的に会うことが多くなったせいか、以前より岩井の家庭事情を聞けるようになっている。

というか岩井が一方的に喋《しゃべ》るだけなのだが、城沢とはまた違う意味で話が面白いから和羽もつい引き込まれてしまう。

大抵は彼がべた惚《ぼ》れしている奥さんの惚気《のろけ》と、小姑《こじゅうと》に当たる義妹の攻撃が酷《ひど》いという愚痴がメインだ。

岩井の結婚相手はどうも和羽より複雑な家庭環境の育ちらしく、そんな事情もあって気に掛けてくれていたと分かった。

「――けどさ。本当に、長瀬《ながせ》はそれでいいのか？　相手の意志は、まだ確認していないんだろう」

今日も仕事が早く終わったというので、和羽は岩井に誘われるままゼミで使う居酒屋に向かった。

「実は、名前も素性もまだ知らされていないんです」

「マジか！　余り人の家のことを悪く言いたくないが、お前のところの本家は最悪の部類に入るぞ」

黙って俯いてしまう和羽に、岩井はそこまでとは思っていなかったようで、驚きと怒りの入り交じった表情を浮かべている。

「僕よりも、相手の方の立場が心配です。詳しい事情は知らないんですけど、僕以上に選択肢がないというか……」

最悪の場合、自分は逃げて姿をくらませればいい。

これまでも全国を転々としてきたから、引っ越しには慣れている。けれど相手の状況が分からないのと、女性という点が気にかかった。

もしも英次が強引な手段に出れば、借金のカタとして水商売の店に売り飛ばす可能性はゼロではないのだ。

それも説明すると、岩井は眉《まゆ》を顰《ひそ》める。

「とんでもない男だな。もし長瀬がその相手と結婚しても、確実に干渉してくるぞ。特に金がらみだと、しつこいしお前だけで対処できなくなる可能性が高い」

「やっぱりそう思いますか」

「ああ、長瀬が頼りないって意味じゃないが似たような環境にいた嫁さん曰《いわ》く『気持ちが諦める』状態になっちまうそうだ」

岩井の指摘に、和羽も頷《うなず》く。

本家の資産を当てにしている英次のことだから、もしも本当に和羽が家を継げば様々な口実を付けて金をせびりに来るのは目に見えている。

「ちょっと気になったから、俺の嫁さんにも長瀬の話をしたんだ。すまない」

勝手に相談したと改めて謝罪されるが、興味本位でないのは分かっていたので和羽は頷く。

「いいえ。岩井さんの奥様でしたら、構いません」

面白半分で話す人ではないと信頼しているし、何より岩井の妻だ。和羽としては別に気にすることもないので、話を続けて欲しいと促す。

「そしたら嫁さん、お前のことすごく気にしてさ。俺は、できるだけ協力してやれって頼まれた。そんな訳で嫁さんお前のこと気に入ってるから、今の件が落ち着いたらうちに飯でも食いに来いよ」

「いいんですか？」

「どっちかって言うと、お前がうちの嫁と会って驚かないかの方が心配なんだけどな。その、なんていうか……かなりの箱入りだから」

飲み会の席でも、岩井の結婚相手のことは必ず話題に上る。

大抵は本人の惚気から始まるのだけれど、どうしてか長年付き合いのある教授でも写真すら見たことがないと有名だ。

当然、飲みの席などには連れてこない。

「奥様からの招待でしたら、是非伺います」

「他にも色々気になってさ、調べてみたら城沢とお前の実家って近所だったんだな。偶然知ったんだけど、驚いたよ。年齢や時期的にも、お前等絶対に顔合わせてただろ」

「え……」

一瞬、頭の奥が揺さぶられたような感覚に陥る。

——そういえば……たしか。

本家のある町に住んでいた頃の記憶は、かなり曖昧だ。

楽しい思い出が殆《ほとん》どないというのもあるけれど、両親からも『嫌な思いをしたのだから、忘れたままでいい』と言われていた。

だからあえて、思い出そうとしなかったという理由もある。

「なんだ、覚えてなかったのか?」

「城沢さん、何も言ってなかったから……でも城沢さんの名前って…言われてみれば、聞き覚えがある……」

本家のごたごたに巻き込まれ、遠縁の城沢の家は一家離散したと思い出す。当時、和羽はまだ五歳で、難しいことはよく覚えていない。

ただ大人達も、本家に連なる家の子等も和羽が居るとあれこれと世話を焼いてきたのはぼんやりと記憶に残っている。どうしてか和羽は、そんな人々の対応が嫌で極力外に出るのを避けていた。

今ならば、過剰な贔屓《ひいき》に息が詰まっていたのだと推測できる。

しかし城沢だけは、和羽を年下の子供として扱ってくれた。危険なことをすれば叱《しか》るし、宿題も先に済ませるようにと口うるさく言ってきた。

一つ思い出が蘇《よみがえ》ると、次々に記憶があふれ出てくる。

大人達に贔屓される和羽に嫌がらせをしてきた子供も少なからずいたが、全員城沢が追い払ってくれた。

本家と距離を置いていた両親は子供ながらにも聡明《そうめい》な城沢を信頼し、母の通院でどうしても留守にする際は和羽を任せていた程だ。

面倒見の良い頼れる遠縁の兄、という認識がいつの間にか和羽の中で淡い恋心へと変わるにはそう時間はかからなかった。

——そうだ、僕は城沢さんを……好きだったのに。

本家の跡取りだった和羽の父は、財産目当ての親族から下にも置かぬ扱いをされていた。そのとばっちりは、和羽にも向けられていたのだ。

大人達は和羽を同年代の子供と遊ばせず、何をしても和羽坊ちゃまが一番という態度。過剰なおべっかも、和羽を孤立させる原因となったが、本家の者達は子供の事情など気にも掛けない。

和羽の周囲に居ることを許された『友人達』も、大人達と同じく和羽の召使いのように振る舞った。

時には和羽の名前を利用して、他の子を虐《いじ》めたりもしていたと城沢から聞かされて唖然《あぜん》としたことも思い出す。だから取り巻きの目がないところでは、虐めを受けた子供達から八つ当たりの対象で石を投げ付けられたりもした。

そんな和羽を大人から守り、対等に遊んだり話をしてくれたのは城沢だけだった。

当然本家からは煙たがられるようになり、町に居づらくなった城沢家は転居してしまう。

——今になって、どうして……。

「その様子だと、記憶からすっぽり抜けてたみたいだな」

呆然《ぼうぜん》とする和羽の表情から何か察したのか、岩井が慰めるように軽く肩を叩く。

「人間てのは、辛い思い出を無意識に忘れるって聞いたことがある。心を正常に保つための防衛本能だから、長瀬が悪いわけじゃない」

「でも……恩人なのに、忘れていたなんて」

「想像以上に、当時の環境が悪かったんだろう。あまり自分を責めるな」

「……はい」

「お前が忘れてたってことで、話がかみ合ったぞ。城沢はお前が幼なじみだって、少し前から気が付いてた」

「城沢さんからは何も聞いてません。岩井さんも、どうして教えてくれなかったんですか」

幾分強い口調になってしまったのは、仕方がないと思う。

岩井も自覚があるのか、ばつの悪そうな顔で素直に謝ってくれる。

「踏み込みすぎると思ったんだ。まあ、こっちで勝手に調べておいて、黙ってたのは悪かった」

かなりプライバシーを知られてしまったが、こんな謝罪でもどうしてか許してしまえるのは岩井の人徳というべきだろうか。

先輩だからという理由で遠慮してしまう訳ではなく、どうしてか問い詰める気になれない。岩井としては込み入った家庭事情にどこまで口出ししていいのか考えた末のことだろう。自分だって曖昧にしていた部分もあるから、気になって調べた岩井をとやかく言える立場でもないし、不快だとも思わない。

いま気になるのは、城沢とこれからどう接すればいいのかという点だ。

「きっと城沢は、長瀬に余計な気遣いをさせたくなくて、黙っていたんじゃないか？　家のごたごたが絡んでるんじゃ、あいつも言い出しにくかったってのが本音だろう。嫁さん曰く『本家ってものに囚《とら》われているうちは、気持ちが空回りする』らしいからな」

言われてみれば、そうかもしれない。

そしてとにかく、城沢に自分の置かれた立場と状況を伝えようと考える。

「城沢さんと、話をしてみます」

「頑張れよ」

背中を押される形で、和羽は代金の半額を置くと店を出た。

岩井と別れてから直《す》ぐ、和羽は城沢に連絡を取った。

夜十一時近くだったにもかかわらず、メールの返信は一分と置かずに来た。話がしたいと返すと、今度は電話が鳴り『迎えに行くから場所を教えて欲しい』と言われ簡単に場所の説明をする。駅の近くだから、分かりやすいはずだ。

携帯を切ってからそういえば城沢は仕事ではなかったかと気がついたけれど、今更また後日というのも気まずい。

程なく見知った車が和羽の前に停まり、条件反射で乗り込んでしまった。運転席の城沢は、和羽の雰囲気が普段と違うと気が付いたのか、気遣う素振りはみせたものの問い詰めるようなことはしない。

「食事をしながらよりも、二人きりで話ができる方がいいかな」

「はい」

頷くと城沢は、いつものホテルへと車を走らせた。

普段の『講義』と変わらないのに、岩井の話を聞いたせいなのか両手がじっとりと汗ばむ。

——とにかく、城沢さんと話をしないと。けど何から話せばいいんだ？

勢いで呼び出してしまった和羽だが、現状を考えて悩んでしまう。

本当に忘れていたとはいっても、自分は城沢の家族を町から追い出す原因となった本家の人間で、元跡取りでもある。

今は和羽も本家と関わり合いになりたくないと思っているけれど、見合いの条件が知られれば『やっぱり本家と繋がりを持ちたいのだろう』と思われるに決まっている。

しかしそれを説明しないことには、話が進まない。ホテルに到着しても、和羽は黙ったまま考え込んでいた。

——きっと城沢さんなら、分かってくれる。

そう一縷《いちる》の望みを抱《いだ》き、和羽は城沢の顔を窺《うかが》う。いつもとなんら変わらない、穏やかな表情だ。

黙って俯く和羽を気遣って、城沢はあえて何も問おうとはしない。

普段通りチェックインをすませるとスイートの鍵を受け取り、和羽を促してエレベーターに乗る。

そして部屋に入り鍵が閉まると、和羽は意を決して口を開く。

「あの……城沢さん。お聞きしたいんですが……古川という苗字《みょうじ》を知ってますよね？」

問うと、僅かに城沢の眉が顰められた。

不穏な空気が漂うけれど、和羽は構わず続ける。

「……岩井さんから聞きました。僕の父は、古川家の――」

「本当の跡取りだろう？　そして君は、未だに当主の資格を持っていて、その立場に戻ることを望んでいる」

全く予想もしていなかった言葉に、和羽は面食らった。岩井の話から、城沢が和羽の父が古川家の人間と知っているのは分かっていたけれど、まさかそんな勘違いをしているなんて想定外だ。

「違います。僕は本家に未練はありません。大体、子供の頃のことは最近まで忘れていた程なんです……それを謝りたくて」

「忘れていた？　同情されたいなら、もっとマシな嘘をつくことだね」

「嘘なんかじゃありません。本当に子供の頃のことは覚えていませんでした。当時城沢さんだけが、孤立していた僕に普通に接してくれて……なのにあんなことになって。だから謝りたくて……」

「あんなこと？　ああ、本家が私の家族を罵《ののし》り、町から追い出したことを悔やんでいるのか。そんな上辺《うわべ》だけの謝罪は要らないよ」

まるで信じていないふうに苦笑する城沢に、和羽はこの問題が自分が考えているよりも根深いものだと今更気が付く。

「まだ本家の威光を借りてるんだな。生憎《あいにく》と私も以前とは違う。資産も人脈も、本家と比べるのが馬鹿馬鹿しいほどに差があるんだよ」

「待って下さい！　僕は本家の威光なんて、なにも期待していないし関係もありません。それで……知らなかったとはいえ、城沢さんに不愉快な思いをさせてしまったからご迷惑をおかけしたことを謝りたかったのと」

一旦《いったん》言葉を切り、和羽は両手をぎゅっと握りしめた。

「『講義』はもう、しなくて構いません。これまでの費用は全て払いますから、請求して下さい」

「急にどうしたんだい？　お見合いを成功させたいのだろう？」

「ですから、それは僕の都合ですし……本家の事情も絡んでるから」

どういった形であれ、城沢にしてみれば本家の手助けをするなんて気分は良くないはずだ。

しかし城沢は、和羽の申し出を曲解しているらしく肩を竦《すく》める。

「取り繕わなくていいよ。講義はもう十分だと、君が判断しただけだろう？　財産目当てなら、相手の女性のことなんてどうでもいいんだろう。愛だのなんだのと綺麗事《きれいごと》を言っていたが、とうとう本性が出たな」

「違うんです」

「なにが違うんだ？　形だけの愛情は無意味だ。教わったところで、身に付くものじゃない。欲に目が眩《くら》んだ結果がこれだ」

「待って下さい、最後まで話を聞いて下さい」

「お互いに嘘を吐《つ》き続ける意味はなくなった。今更取り繕うこともないだろう。君の希望通り、これが最後の『講義』にしよう」

そう言うなり、城沢が和羽の肩を乱暴に摑《つか》み窓際の壁に押し付ける。城沢に背を向ける形になった和羽は、藻掻《もが》いて逃げようとするけれど力では敵《かな》わない。

「本家から逃げたいと言っていたな。けれど本気じゃないのは、君の行動で分かる。君の父は本家の反対を押し切って都会に出てきただけ。母親が親族から責められるのを見ているのに嫌気が差したのと、田舎暮らしに飽きたところで丁度いい理由ができた……そんなところか」

「違う！　……っ」

藻掻く和羽を城沢はいとも簡単に壁に押し付けて、動きを封じる。

「誤算だったのは、君が本家から跡取りとして優遇される生活を望んだ点だ」

肩に城沢の指が食い込み、和羽は顔を歪《ゆが》める。

城沢の声は、和羽を押さえつける力とは逆に落ち着いている。しかし声には彼の憎しみがそのまま伝わるような、威圧感があった。

「君が結婚相手を連れて戻れば、本家は祝い事の恩赦として城沢の家と復縁すると一方的に伝えてきた。こちらはもう君とは違って、彼等を見限っているのにな。それも知っているんだろう？」

勘違いだと伝えたいのに、痛みで思うように言葉が出て来ない。

何故彼が、本家の事情を知っているのか聞きたかった。けど城沢の言動から考えて、彼はもう話す気はないだろうと覚悟する。

それにここまで憎まれているのだから、改めて話をしても無駄だろう。

自分にできるのは、城沢の怒りを少しでも和らげることくらいだ。

反抗を止めると、城沢が和羽の前に片手を回しジーンズを寛《くつろ》げる。そして下着ごとジーンズを引き下ろされ、和羽は息を呑《の》んだ。

「大切な跡取りが汚されたと知ったら、本家の者達はどんな顔をするかな。見てみたいが、別にこのことを誰かに話すつもりはないし君や本家を強請《ゆす》るつもりもないから安心しなさい」

そんなことをしたら、君たちと同じレベルになってしまうからね。と城沢が苦笑しながら続ける。

「嫌っ」

このまま、前戯もなしで犯すつもりだと気づき和羽は青ざめた。覚悟はしていたけれど、やはり恐怖心が先に立つ。

背後でスラックスを寛げる音がして、勃起したそれが太股《ふともも》に押し当てられた。

「待って下さい」

「力を抜かないと裂けてしまうよ？　私としては、このまま君を壊してしまっても構わないのだけどね」

必死に脚を閉じるけれど、両手で脚の付け根を広げられてしまう。背後から城沢が覆い被《かぶ》さるように和羽を上半身で押さえつけているので、壁との間に挟まれた状態の和羽に逃げ場はない。

「っ……ひ」

避妊具を付けていないから、肉同士の摩擦が強くて和羽は悲鳴を上げた。けれど城沢は呻《うめ》く和羽に構わず、自身を奥に進めていく。

「ほら、君が待ち望んでいたモノが、根元まで挿ったよ」

「う、そ……あっ」

自覚させるように腰を揺さぶられ、和羽は熱の籠《こ》もった吐息を吐き出す。

——どうして？　痛いのに……？

強引に挿入された痛みは、確かにある。けれどそれ以上に、甘い疼《うず》きと淫《みだ》らな悦《よろこ》びが下腹部を支配していく。

変化を感じ取った城沢が動きを止めて、和羽の前を扱《しご》く。それは決して愛撫《あいぶ》と呼べるものではなく、ただ刺激を与えるだけの動きだ。

なのに和羽の体は、甘い愛撫を受けたときのように感じ始めていた。

「犯されて、悦んでいるね。本家の跡取りが、こんなに淫乱《いんらん》な気質だったとは……君と結婚する女性は本性を知ったら幻滅するだろうね」

辱める言葉に、反論することもできない。

和羽は壁に爪を立てて俯く。涙で歪んだ視界に、乱暴に扱われても感じて勃起した自身が映る。

「……こんな、酷い……」

「上手になったね、和羽君」

耳の後ろを嘗《な》められ、背筋がぞくりと粟立《あわだ》つ。

「締め付け方、力を抜くタイミングも私の教えたとおりだ。和羽君の体は、物覚えがいい。自分から奥へと導くみたいに、中が動いているのが分かるだろう?」

「ちが……だって、それは城沢さんが……っ」

「嫌なら逃げてもいいんだよ。それにこの『セックス講義』を進んで受けたのは君じゃないか」

リズムを付けて奥を小突かれ、和羽は後孔を締め付ける。

「あ、ぁっ」

とん、と突き上げられる度に、甘ったるい声が零《こぼ》れてしまう。

「けれど君は、私に強姦されても感じてしまう程にセックスの虜《とりこ》になっている。淫乱という言葉は、君のためにあるようなものだと思わないか？」

「う、ぁ……」

彼の言葉は、何一つ間違っていない。

強姦されても感じてしまう程に開発された和羽を、城沢は体と言葉で徹底的に蹂躙する。

「いやらしい声が、止まらないじゃないか。ほら」

「あんっ」

根元まで挿入された雄が、ごりごりと内側を抉《えぐ》る。すっかり城沢の形を覚えた後孔は、体を蹂躙する性器を銜《くわ》えて痙攣《けいれん》を繰り返した。

自ら誘うように腰を振り、和羽はもっと強い刺激をねだる。

「っ……おく、もっと……して…っ」

「淫乱だね」

蔑《さげす》みの声に、和羽はなにも答えられない。

愛撫も潤滑剤も使われず、いきなり雄を挿れられても歓喜する体は城沢の言うとおり淫乱だ。

「その様子だと、もう少し乱暴に扱っても大丈夫そうだ」

「ま、待って……っ」

襟足に吐息がかかる。

欲情した雄の声に、和羽は怯えながらも期待してしまう。

「しろさわ、さん……」

「本当は、酷くされたいんじゃないのか?」

背後から覆い被さる城沢が、和羽のうなじに歯を立てる。動物の雄が、交尾の際に雌《めす》を固定するみたいに噛《か》もうとしているのだ。

「ひっ、嫌……やめて」

これはもう単なる性欲処理だ。扱いも人としてではなく、まるでオモチャのように弄《もてあそ》ばれている。

それでも、こうなった原因は自分にある。城沢が怒るのも、無理はない。和羽は抵抗を諦め、痛みを覚悟する。

噛まれる恐怖に身を竦ませるが、城沢は唇を軽く皮膚に押し当てると、そのまま呻くみたいに呟く。

「和羽、私は君を――」

思い詰めたような声に、和羽は肩越しに振り返ろうとしたが、いきなり前を扱かれて喉《のど》を反らし甘い悲鳴を上げる。

「やっ、いくっ」

城沢は最後まで言わず、和羽の首にキスを落として抱きしめる手に力を込めた。

「城沢さ……あっ、ああ」

再開された律動に、和羽の思考は一気に快感に飲み込まれる。中からの刺激だけでも辛いのに、勃起した中心まで嬲《なぶ》られればとても耐えられない。

「あ、さわら……ないでっ……我慢、できないっ」

「構わないよ。自分がどれだけ淫らなのか、自覚しなさい。犯されて、よがる淫乱だと忘れてはいけない。君の体は、もう女性では満足できないのだからね」

意地悪な言葉とともに、絶え間ない絶頂が和羽を襲う。

この快楽を覚えてしまったら、もう戻れないと和羽も勘付いていた。そして厄介《やっかい》なことに、城沢にならどれだけ犯されても構わないと思ってしまう。

けれど自分を軽蔑《けいべつ》している城沢は、二度と和羽に触れはしないだろう。

「正直に認めれば、ご褒美をあげるよ」

淫らな言葉に、和羽は何も考えず素直に従う。今はただ、城沢のくれる快感に浸っていたかった。

「……はい……僕は、淫乱……です」

認めると、城沢が動きを止める。

「城沢さんにだけ、淫乱だから……好きにして……」

恋心は伝えられない。だからせめて、この体は彼の思ったとおりに調教されたのだと口にする。

そうすれば、彼の復讐心も少しは満たされるだろう。

「全く君は……」

呆れたように溜息《ためいき》をつく城沢に、和羽はこれで全てが終わったと思った。

手酷い蹂躙を覚悟するけれど、城沢は両腕で和羽の体を支えると丁寧な愛撫を始めた。シャツ越しに乳首を弄《いじ》り、片手で前を扱きながら最奥《さいおう》を小突く。

性感帯を余すところなく責められて、和羽は一段と甘い悲鳴を上げる。

「や、あっ……全部は、だめっ」

「嘘はいけないよ。さっきから、腰の揺れが止まらないじゃないか」

「ん……んくっ」

犯されてるのに感じて声を出してしまう自分を恥ずかしく思うけれど、開発された体は貪《どん》欲《よく》に快感を貪《むさぼ》る。

そして城沢も、蔑む言葉を言いつつ慈しむような、優しい愛撫を繰り返す。

「……和羽――」

時折、耳元で城沢が名前を呼ぶ。その声は何処か苦しげに聞こえるのは、気のせいではないだろう。

どうしてと、問いかけたいけれど与えられる快感が強くて和羽は喘《あえ》ぐだけしかできない。そのまま数回中に射精され、和羽も数え切れないほど上り詰めた。最後は声どころか精液も出せず、吐精なしの絶頂を強制された。

萎《な》えた自身の鈴口から、薄い蜜《みつ》が滴り絨毯《じゅうたん》に染みる。

それなのに、内部を擦《こす》られると射精と同じかそれ以上の快感が背筋を這《は》い上がり和羽の頭を痺《しび》れさせた。

「――講義は君の希望通り、これで終わりだ。これからは、一人で男漁《あさ》りでもすればいい。これだけ淫乱なら、どんな雄を銜え込んでも満足できるだろう」

酷い言葉と共に、萎えた城沢の雄が引き抜かれる。支えを失った和羽は、壁にもたれたまずるずると崩れ落ちた。

彼の名を呼びたかったけれど、掠《かす》れた喉から漏れるのは乾いた空気の音だけ。必死の思いで振り返り、彼を見上げる。

見下ろしながら自分の服を整える城沢と視線が合うけれど、城沢は無言だ。そして城沢は自身の身支度だけ調えると、呆然とする和羽を残して部屋を出て行く。

一人残された和羽は程なく意識を失ってしまう。

その目尻からは、涙が溢《あふ》れていた。

目覚めると既に城沢の姿はなく、枕元に部屋の鍵だけが残されていた。

——当たり前だよな。

乱暴に犯された記憶と同時に、自分が淫らに喘いだことも思い出して和羽は泣き笑いの表情になる。

これまで城崎に散々開発されたとはいえ、乱暴に扱われても貪欲に快感を貪る和羽を見て呆れたに違いない。

——酷いことされたのに。まだ嫌いになれないなんて、僕は馬鹿だ。

のろのろと起き上がり、シャワーを浴びて身支度を調える。

バスルームの鏡に映った首回りには、幾つもの鬱血した痕《あと》が残っていて何だかとても惨めな気持ちになった。

単なる性欲のはけ口にされた痕跡《こんせき》は、暫《しばら》く残って和羽を苦しめるだろう。

不幸中の幸いは、どうにか一人でも動けることくらいだ。

もう一眠りする時間はあったけれど、とにかくここから出たくて和羽は鞄《かばん》を持つと部屋を出てフロントへ向かう。

早朝なのでカウンターには受付係は一人しかおらず、和羽は声をかけると手にしたカードキーを渡そうとした。

そこで、はたと気付く。

「……あの、チェックアウトなんですが……料金は」

「ただいまお調べ致します。先にお連れ様がお支払いになっておりますが？　——申し訳ありません、少々お待ち下さい」

和羽が問おうとする前に対応してくれた女性職員が裏の事務室に入り、すぐに茶封筒を持って戻ってきた。

「こちらをお渡しするように承っております」

「え……でも」

断ろうとしたけれど、そんなことをすれば困るのはホテル側だろう。

和羽が受け取らなかったと知れば、問題になるだろうし全く関係のない彼女が上司から叱《しっ》責《せき》されることは想像できる。

仕方なく和羽は中身の分からないそれを受け取って、ホテルを出た。

まだ薄暗い外には、ホテルのドアマンが立っておりタクシーを呼ぼうとしていたけれど、断って歩き出す。

「なんだろう……っ」

歩道を歩きながら茶封筒を開けると、中にはホテルの便せんに『タクシー代です』と律儀に書かれたメモとお札が数枚入っていた。

もし部屋に置いてあったら、和羽は絶対に持ち出さなかった。それを見越して、城沢はフロントに預けたのだろう。

その場に立ち竦む和羽の視界が、次第に滲《にじ》んでくる。きっと城沢は、金さえ払えば和羽は文句を言わないと考えてこれを用意したのだ。

「ひどいよ」

本家の人間と同じく、金にばかり目を向けていると思われていたことがショックで涙が零れる。

でも真実を隠していたのだから、誤解されても仕方ない。

それに無料で会話術の講義を受けていたのだから、言い訳をしたところで信じてくれるはずもない。

――こうなることだって、予測できた筈なのに。理由を話せば、誤解が解けるなんてどうして考えたんだろう。

以前、和羽を庇《かば》ったせいで本家の相続問題に一方的に巻き込まれて一家離散まで追い詰められた城沢は、和羽を憎く思っていて当然だ。

優しい城沢が自分を徹底的に騙していたと知った時点で、彼の憎しみの深さに気付くべきだった。

それでも、彼に対する怒りは湧《わ》いてこなかった。ただ自分が情けなくて、理解されないことが辛すぎて胸が痛む。

彼もまた、本家に振り回された被害者なのだと理解している。まだ自分は家族と一緒に居られて、不本意ではあったが、本家からの援助も受けられた。

しかし追われるようにして町を出ていった城沢家は、相当苦労したはずだ。

――都合良く考えていた自分がばかだ。また顔を合わせれば、不快な思いをするのは城沢さんなのに……。

やっと過去を思い出し、彼への気持ちを自覚した途端にどん底に突き落とされた。城沢の立場を考えれば、和羽などのうのうと生きてきたようにしか思えないのは仕方がない。

愛するふりをして和羽を信用させ、最終的にはもっと手酷く傷つける計画だったのかも知れない。

たまたま和羽が気付いて行動を起こしたのが先だから、結末が早まっただけだ。

もう城沢は、和羽の顔など見たくもないだろう。

未だに本家と親密な繋がりがあるという誤解を解きたかったけれど、言ったところで信じてくれる筈もない。

自分にできるのは、これ以上彼の気持ちを乱さないようにすることくらいだ。そして、何としてでも見合いを破談にし、相手が背負っている借金を自分へと回してくれるように英次を説得すること。

それができて、初めて贖罪《しょくざい》の一歩を踏み出せるだろう。

「電車……始発が出る頃かな」

和羽は鞄から携帯電話を出す。

——岩井さんに城沢さんの指導は終わったって、メールをしよう。

流石《さすが》に岩井でも、こんな顚末《てんまつ》を予想はしていなかったはずだ。

彼の性格からして、取りなしてくれる可能性もあるけれど、そこまで迷惑を掛けるわけにはいかない。

なにより、岩井と城沢の関係まで険悪になってしまったら、それこそ後悔してもし切れない。

涙ぐみながらボタンを操作していた和羽だが、ぼんやりしていたせいか手が滑って落としてしまい、携帯はアスファルトを滑って車道側に転がる。

「あっ」

それは、間の悪い偶然だった。

早朝だからか、いくらかスピードを出していたトラックの車輪が一瞬にして携帯を押しつぶし去って行く。

恐らく運転手は、空き缶を轢《ひ》いた程度の感覚しかなかったようだ。和羽の目の前で、トラックはそのまま走り去る。

当然ながら携帯は粉々に潰されて、ＳＩＭカードごと壊れ道に散乱している。

一瞬の出来事に和羽は呆然としていたが、次第に事態を理解してその場へと座り込んでしまう。

大学の教授と遣《や》り取りするのはノートパソコンのアドレスだが、城沢の連絡先は携帯にしか保存していない。

これで良かったはずなのに、和羽の心にはぽっかりと穴が空いたような感覚が満ちる。

暫く座り込んでいた和羽だが、どうにか立ち上がり始発の動き始めた駅に向かってふらふらと歩き始めた。


城沢から連絡がないまま、数日が過ぎた。

アパートは知られているから、和羽は教授に『レポートを集中して終わらせたい』と頼み込んで大学の研究室に泊まらせて貰っている。

――これで、よかったんだ。

もう何度、心の中で繰り返したか分からない。そう言い聞かせていないと、涙が止まらなくなってしまう。

後は、見合いの日を待つだけだ。

けれど和羽の気持ちは、決まっている。

城沢とは残念な結末になったけれど、過去のことを考えれば仕方がない。しかし見合い相手には、未来がある。

ふとノートパソコンに視線を向けると、丁度メールが届いたサインが点滅していた。

このアドレスを知っている相手は、大学の教授と岩井。そして事情を知らない時に教えてしまった英次だけだ。

メールを開けると、案の定英次からで、宿泊しているホテルへ来るようにとだけ書かれていた。

直ぐに和羽は研究室を出て、英次の宿泊しているシティホテルに向かう。

今回はロビーではなく、直接部屋へ来るようにと書かれていたから、迷わずエレベーターに乗った。

――考えてても仕方ない。今日こそ言おう。

和羽が部屋まで来ると、数回のノックですぐに扉が開く。

「見合いの日取りが決まった。一週間後だから、準備しとけ。新居はこっちで用意してある」

勝手なことを喋る英次を、和羽は睨み付けた。

「なんだその目は」

「お話があります」

気持ちを落ち着かせるように深呼吸をして、和羽はこの数日考えていたことを告げた。

「お見合い相手の抱えている借金は、必ず僕が払います。もう本家の下らない争いに他人を巻き込まないで下さい」

「何を馬鹿なことを言い出すんだ。これはお前の将来もかかっているんだぞ。悪い話じゃないだろう」

どこか含みのある言い方に疑問を覚えたけれど、和羽も引く気はない。

「お願いします。僕にできることでしたら、何でもしますから」

「じゃあ、城沢とのハメ取り写真でも持って来いよ。裏で売れば金になる。嫌なら、お前の大学や知り合いに『講義』って名目の援助交際を知って貰うことになるぜ」

——なんで、英次さんが知ってるんだ。

背筋を冷たい汗が伝うが、必死に冷静であるように装う。けれど怯《ひる》んだ気持ちが顔に出たのか、英次はにやつきながら鞄から書類を取りだした。

「信用調査会社で調べたら、お前が城沢に調教されてるって報告が上がってな。この一カ月は、会うと必ずホテルに行ってるだろ」

「それは……」

「ついでにいいことを教えてやるよ。お前の見合い相手は、城沢の妹だ。本家に大分借金をしている」

呆然とする和羽に、英次が続ける。

「本家から逃げ出した者同士、お似合いだろ。城沢の妹が嫁なら、本家筋のお前に逆らうこともしないだろうしな。好きに扱ってやればいいさ。外に女を囲っても、文句を言える立場じゃない」

過去の一家離散の原因になっただけでなく、更に妹の見合いまで計画されていたとなれば城沢に復讐されて当然だ。

「あなたは、なんて酷いことを考えているんですか」

「使えるモノを有効活用してるだけだ。お前が逆らうのも想定しておいて正解だったな。お前は女より、男の方がよくなったんじゃないのか？　だいぶ城沢以外の男も、銜え込んでいたんだろう？　城沢に脚を開いただけじゃなく、客も取らされてたんだろう？」

「城沢さんは、そんな人じゃない！」

後退《あとずさ》るが、狭い部屋なので和羽はすぐに壁際へと追い詰められてしまう。

「そこいらの女より綺麗な顔してるなあ……昔から気になっていたんだ。これからは俺が可愛がってやるよ。勿論《もちろん》、客も取らせてやる。借金の肩代わりをするって覚悟はしてるんだろう」

英次に触られると、途端に嫌悪で鳥肌が立つ。

しかしこんな汚い手を使う相手に、城沢の妹が何かされる方が不憫《ふびん》だ。

城沢への想いを断ち切るにはまだ時間はかかるだろう。けれど彼や彼の家族を巻き込みたくない。

それに城沢の妹が借金をしているというのも、英次の態度からすると随分疑わしい。

——僕一人なら、何かあっても逃げられる。

幸い、和羽は天涯孤独のようなものだ。本家を嫌って逃げ回る両親を見て来たからある程度逃亡する知識もある。

「それなら、お見合いはなかったことにしてくれますよね」

せめて城沢の妹だけは解放して欲しいと、和羽は英次に頼む。

しかし返されたのは、無慈悲な言葉だ。

「馬鹿言うな。金ヅルは多い方がいいに決まってるだろ。妹も脅して、夫婦揃《そろ》って売りをさせる。悪趣味な連中はそれなりにいるんだよ」

「本気ですか」

「同じベッドで夫婦を寝かせて、輪姦だとさ。冗談で話をしたら、とんだヘンタイが喜んで金を払うって食いついてきたぜ」

一体、どういった場所に行けばそんな鬼畜な人間がいるのかと和羽は青ざめる。ともかく、英次がまともな人間関係を持っていないのは明白だ。

「あのな、甘ったれたこと言ってんじゃねえよ。お姫様は、今日から俺の奴隷だ。たっぷり可愛がってやるから、覚悟しろよ」

「っ……」

足払いをされ、和羽は床に転がる。

反撃しようとするが、肩を押さえる英次の言葉に手が止まった。

「俺に逆らったら、城沢の妹はどうなるか想像できるだろ。金貸しの連中が、見張ってるんだ。俺が電話を入れればすぐ拉致《らち》する手はずになってる」

「貴方《あなた》って人は、どうしてそこまでするんです」

「金が必要なんだよ。ほら、大人しくしろ。客に出す前に、味見をしねえとな」

乱暴にシャツを引き裂かれ、和羽はくぐもった悲鳴を上げる。けれどこれ以上声を上げれば、粗暴な英次を喜ばせるだけだと思い口を引き結ぶ。

「ああ？　悲鳴上げろよ、俺は本家の跡取りが『許して下さい』って泣くのが見たかったんだけどなあ」

——絶対に、言うもんか。

本家なんて、和羽にはもう未練も何もない。

けどこんな男のちっぽけな自尊心を満たすなんて、絶対に嫌だった。

「あの男に、どんなふうに抱かれてたんだ？　教えろよ……ぐあっ」

上に乗っていた英次が突然消えて、代わりに見知った男の手が和羽を抱き起こす。

「城沢さん？」

「説明は後だ、ここから出るよ」

「でも、妹さん……」

言いかけて、どう説明をすればいいのか分からず戸惑う。けれど意外な言葉が、城沢の口から語られた。

「妹は私の部下が保護しているよ。ストーキングしていた連中は、既に通報済みだ。前科があったらしくて、警察もすぐに動いてくれたよ」

「じゃあ、僕の見合い相手が誰か知ってたんですね」

「そのことも含めて、君と話がしたいんだ」

責めるような口調ではなく、どこか悲しげな声に和羽は城沢に頷いてみせる。そんな遣り取りの間に、部屋の扉からこそこそと英次が出て行く姿が見えた。

唯一の証言者である彼に逃げられたら、本家にも城沢にも説明ができないと和羽は焦る。

しかし城沢は一瞥《いちべつ》しただけで追いかけるでもなく、和羽を抱き上げて歩き出した。

「あの男のことは、君の本家から依頼された者に任せてある。私がこの部屋に来れたのも、こちらの部下と本家の連携があったお陰だ」

いきなりそう説明されても、和羽にはさっぱり意味が分からない。ただ理解できるのは、城沢に助けて貰ったという事実だけ。

「子供の頃も、虐められてる僕を助けてくれましたよね」

「こんなに恰好良くはなかったけれどね」

本家から蔑《ないがし》ろにされた分家の子供達から、城沢はいつも守ってくれた。時には石を投げ付けられることもあったけれど、それすらも身を挺《てい》して庇ってくれたことが昨日のことのように思い出される。

――やっぱり僕は、城沢さんが好きだ。情けないけど、諦めきれない。

「僕の話、聞いてくれますか？」

「私も和羽と、落ち着いて話がしたい。だから今は、何も言わないでいてくれるかな」

優しい声に、和羽はこくりと頷く。

どうして城沢が助けに来てくれたのか、理由を聞くのは怖い。英次に好き勝手されるより、城沢自身の手で制裁をしたいのかもしれない。

けど城沢にならー何をされても構わないと和羽は思う。和羽は城沢の腕に抱かれたまま、

地下駐車場まで行き彼の車に乗せられた。

連れてこられたのは、大学からさほど離れていないところに建つマンションだった。幹線道路が近いにも拘わらず、敷地内が広く周囲を常緑樹で囲んであるせいか都心なのにマンション内はとても静かだ。

「あの、御家族は？」

「家族は全員独立していてね。ここには私一人なんだ」

あっさり言うが、通された部屋は四人家族で住んでも十分な広さと部屋数がある。

「まずは、どこから話そうか」

リビングのソファに座った和羽は、破かれた上着の代わりに城沢のシャツを渡される。そして彼の淹《い》れた温かい紅茶を出され、これは夢なのではと考える。

「……城沢さんは、僕が嫌いなんじゃないんですか？　それとも、これ……僕の見てる夢でしょうか？」

幸せな夢なら、目覚めないで欲しい。

現実は英次やその仲間に犯されているかもしれないと思うと、背筋が凍る。素直にそれを伝えると、城沢は顔を歪めた。

「子供の頃と一緒だね。辛いことがあると、君は無意識に忘れようとするんだ。今、私の部屋に居るのは、現実だから安心していい」

隣に腰を下ろした城沢に肩を抱かれ、和羽はほっと息を吐く。

「よかった……」

「むしろあんな酷いことをしておいて、身勝手だと罵ってくれていいんだよ――」

和羽を犯した翌日、城沢は岩井に『依頼は終わった』と連絡した際に、様子がおかしいことを問い詰められ事情を話したのだと続ける。

その際、既に岩井は独自の情報網である程度二人の関係が悪くなったことを知っており、城沢の暴走を叱責した。

「岩井さんて、何者なんですか？」

「リゾート関係の開発業をしているとしか聞いていないが……各所に彼の知り合いや情報提供者が居るのは、今回の件でよく分かったよ」

本家よりもずっと面倒そうな人物だが、少なくとも二人のことを心配してくれているのは確かだ。

「岩井君から『まさか感情的になるなんて、思ってなかった』と呆れられてね。私も反省している。それと『愛しているなら、何をしてでも相手を信じて守れ』と言われた」

慌てて和羽と連絡を取ろうとしたが、携帯は繋がらなくなっていた。

だから考えた末に英次の動向を見張っていれば、同じように騙されていた和羽と接触すると考え、それが当たったと城沢が続ける。

あとこれは、と前置きをされて、岩井の推論を告げられる。

「『長瀬が恋愛できないのは、過去に城沢と引き離されたのが原因じゃないか？』というのが、岩井君の出した結論だ。勿論、私はそこまで自惚《うぬほ》れてはいないし、君は当時の環境や転居を続けたせいで人との関わりが苦手になったと思っている」

けれど和羽からすれば、城沢の否定した理由の方が引っかかった。

「え、あの。自惚れって……つまり」

「……君を庇っていたのは、その……子供心に、恋をしていたからだよ」

ストレートな告白に、かあっと頬が熱くなった。

「姫君のような君を守りたくて、騎士気取りだった。上手く行かなかったけれどね」

自嘲気味に言う城沢に、和羽は益々頬を赤くする。

英次から『姫』と言われたときは、馬鹿にされたとしか思えなかったのに、城沢が言うと気恥ずかしくてたまらない。

「僕、もう姫みたいに可愛くないし……失望したんじゃないですか？」

「何を言ってるんだ！　初めて岩井君から君を紹介されたとき、本家の姫君とやっと再会できたと内心喜んだんだよ。とはいえ、あの時はまだ妹の件もあったから、素直に自分の気持ちを認められなくて酷いことを言ったり、陥れようとした……すまない」

互いに頭を下げ合い、なんとなく緊張が和らいでくる。

「英次さんから聞きました。妹さんのこと、心配掛けてすみませんでした。もっと相手の名前とか聞いていれば気づけたのに」

「責めるつもりはないよ。それに聞いたとしても、妹は母方の親族の養子になっているから、苗字が変わっている。聞いても分からなかったんじゃないかな」

そういえば、城沢家が町を出る際に『妹に何かあったら危険だから』と養子縁組を考えていると聞かされた気がする。

まだ幼かった和羽は、ただ苗字が変わる程度の認識しかなく、それも時を経るうちに記憶から消えていた。

「それに君も被害者だ。謝る必要はない。私の方こそ、確かめもせず酷いことをしてしまった」

「じゃあ、本家からの借金の話は」

「英次のでっち上げ……でもないいんだけどね。引っ越しの際に、幾らか借りたのは本当だよ。けれど利子も含めて、数年前に私が全て返済した。今は本家よりも資産があるけれど、それは秘密」

悪戯《いたずら》っぽく片眼を瞑《つむ》る城沢に、和羽はやっと笑顔を見せた。

「恐らく本家から煙たがられている英次だけが返済したことを知らされていなかったんだろう、それを利用して本家を継いだ兄に復讐しようと企《たくら》んでいた。これも岩井君が調べてくれてね、本家に情報を渡して君を守るために共同戦線を張らせて貰ったんだよ」

今回のことは、英次が全面的に悪いのだと言う城沢に、和羽は首を横に振って否定する。

「いいえ。お見合いの件がなくても……僕と両親は城沢さんの御家族に対して、申し訳ないことをしました」

既に本家とも殆ど繋がりはなく、戻るつもりもない。もちろん見合いも断るつもりだったが、それとこれとは別問題だ。

現に城沢は、和羽を守ったことが原因で町を追い出されたのだ。

「——それなのに恩人の城沢さんのこと、忘れていたなんて。失礼ですよね。子供の頃助けて貰ったのに……憎まれてても仕方ないです」

「いや、私も君の話を冷静に聞くべきだった。それに君が謝ることはない。私の方こそ、君を辱めてしまった。君を辱めて、抱くほどに過去の恋心が本物だと気が付いたんだ。その気持ちを見ない振りをして乱暴するなんて、最低だろう」

真《ま》っ直《す》ぐに見つめてくる城沢の目には、深い後悔が浮かんでいた。

「私も英次と同じだ。君を騙して、男なしではいられない体にしようとしていた。本家の者はプライドが高いから、そうなれば面白いとさえ考えていたんだよ」

「そうだったんですね」

けれど和羽は、怒る気持ちにはなれない。

分家と言うだけで、散々酷い扱いをされる人たちを数多く見て来たせいだ。今だって町に戻れば、和羽を憎む者は少なからずいるだろう。

「けれど本家の人間とは違って、和羽は昔と変わらず真面目で誠実だった。逆に自分が魅了されてしまって……結局、自分の醜い部分を直視するのが怖かったんだよ」

「城沢さん……」

「初めて会ったときのことを覚えているかな。君がスマートフォンを使っていないことに対して『他人と深く関わるのが怖いのかい？』と聞いただろう」

「そういえば、そんなこともあった気がします」

緊張していたので、はっきりとは覚えていない。けれど城沢が言うのだから、なにか特別な意味があったのだろう。

「あれは『財産目当てで近づかれないよう、牽制《けんせい》してるのか』という嫌味を込めて言ったんだ。我ながら最低だよね」

酷い話なのに、どうしてか和羽の目尻に涙が浮かぶ。自分はそれだけ彼を苦しめてきたのだ。

「別に構いません、今だって、憎んでくれていいんです！　ずっと好きだった人のこと忘れてて皮肉にも気が付かないなんて、僕が馬鹿なんです！」

「いや、それは違うよ」

「違わなくないです。未練がましいのは、僕も同じです。あんなことがあったのに、城沢さんとやり直せたらいいとか思ってる僕は最低ですよ」

一呼吸置いて、互いに見つめ合う。すると複雑な面持ちで、城沢が問いかける。

「それは、和羽が私を好きだったという意味にとっていいのかな」

「だったんじゃありません。いまでも好きです。愛してます！」

半ば怒鳴るように言ってから、急に恥ずかしくなって両手で頰を覆う。

「その、もっと雰囲気のある場所で言いたかったけれど……私たちは随分遠回りをして来たみたいだから言ってしまうよ。和羽、私の本当の恋人になってほしい」

「……いいんですか？　城沢さんの周りには、綺麗な方が大勢いるんでしょう？　あ、でも……僕も遊び相手の一人って意味ですか？」

これは嫌味ではなく、単純な想像だ。ホスト業をしている城沢なら、美しい女性は数多く見ているだろう。

それにセフレだっていてもおかしくない。

「実は俺もホストは辞めているんだ。誤解のないように言うけれど、現役時代から今までお客を恋人にしたことはない。プライベートと仕事は分けてきたからね。それと今はフリーだ」

「じゃあ、お仕事って？」

「ホストクラブの経営をしているのは本当だけど、今は投資に主軸を置いている」

ただこの先も経営業だけでは不安だったので、他に副業をと探していたときに偶然岩井から『恋愛講義』の話を持ちかけられたのだと言う。

しかしこれまで指導したことがなかったので、講師らしくなくても通用するように、あくまで副業の体を出すために現役ホストだと嘘を言っていたのだ。

「順序が逆になってしまったが、どうか私と生涯のパートナーとなることを前提に付き合って欲しい」

「真面目なんですね」

「君に対しては、大真面目だ。もう二度と、騙すようなことはしないと誓う」

城沢が和羽の左手を取り、本当の騎士みたいに指先に口づける。

「僕でよければ、喜んで」

「それならこれからは、昔のように名前で呼んでくれないかな？」

「ふ、二人きりの時なら……」

さすがに名前で呼びあうのは恥ずかしいので、和羽は譲歩案を提示する。

「ありがとう和羽。生涯を掛けて守り抜くと誓うよ」

「淳志《あつし》、さん。昔と全然変わってないよね」

子供の頃も歳の離れた和羽と、真面目に向き合ってくれた。子供だからと濁したりせず、どうして自分が特別扱いされているのかを説明してくれた。

「和羽なら、理解できると思ったから話したんだよ。家の事情も、周囲が特別扱いする理由もね」

そういえば城沢が引っ越しをする日、必ず見つけ出して結婚するからと約束してくれたのを思い出す。

「……淳志さん、僕を愛して下さい」

「これからは恋人として、君を抱くよ和羽」

「ふつつか者ですが、お願いします」

言って和羽は、両腕を城沢の首に廻して縋り付いた。


抱き上げられ、和羽は彼の寝室へと運ばれる。

講義を受けるようになってから、何度も抱かれたけれど、今日は初めての時みたいに鼓動が早くなる。

「淳志さん」

ベッドに下ろされた和羽は、覆い被さりキスの雨を降らせる城沢に応える。その間にも城沢は器用に互いの衣服を脱がせていく。

けれど途中で、和羽は我に返り城沢の胸を押して彼の顔を見上げた。

「僕、なにもされてませんから。本当です」

「分かっているよ。普段より性急になっているのは、私の余裕がないだけだ」

もしも何かされていると仮定して、それを見ない振りをして抱く気なのかと考えてしまった自分が恥ずかしい。

すれ違っていた時間を埋めるように、二人は強く抱きしめ合う。

「あ、あの淳志さん。お願いが……」

「怖いのなら、今夜は止めておこうか」

「違うんです。その……この間みたいに……避妊具は使わないで、してください」

強姦された夜も、ゴムはつけてなかった。

「しかし」

「淳志さんを、感じたいんです。怖かったけど、もう大丈夫だって確かめたいんです」

あの時は感じはしていたけど、力で押さえつけられる恐怖はまだ心に残っている。それを打ち消したいのだと、和羽は城沢に訴えた。

「ローションは使うよ。この間はやはり、裂けてしまったからね」

「……はい」

サイドテーブルの引き出しからボトルを取りだし、城沢が蓋《ふた》を開ける。反り返った和羽の中心に中身をかけ、片手で扱くように塗り広げていく。

「んっ……ああっ」

滑りが快感を増幅させ、和羽は自ら誘うように、膝《ひざ》を曲げて脚を開いた。すると後孔にもローションが伝い落ちて、太股が震える。

「とても可愛いよ」

「あ、あ……言わないでっ」

「私を受け入れる場所が、物欲しそうにしているね。本当はもっと解《ほぐ》した方がいいのだけど」

「いや、焦《じ》らさないでっ」

視線だけでイきそうになる。

揺れる腰を摑《つか》まれ、和羽は小さく息を呑《の》んだ。

――あ、挿って……くる……。

熱い屹立《きつりつ》が、濡《ぬ》れた後孔を割り広げる。

避妊具のない挿入は二度目だけれど、こんなにもはっきり存在を感じながら受け入れるのは初めてだ。

抱かれている実感と、満たされる幸福感に頭の芯《しん》がくらくらする。

「あっ……ん」

びくりと全身が跳ねて、和羽はカリの挿入刺激だけで達した。

狭い肉襞《にくひだ》を擦られ、達したばかりの肉壁は痙攣を続ける。

「和羽……苦しいか?」

「淳志さん……やめないで……ひっ」

肉襞を押し広げて、剛直がゆっくりと奥へ入ってくる感覚に身悶《みもだ》えた。上り詰めた状態が終わらず、和羽は甘い嬌声《きょうせい》を口の端から零す。

「あ、ぁ……すご、い…おわら、ない」

思いの通じ合ったセックスが、これ程までに感じるのかと思い知る。

「淳志さん、好き……」

和羽は城沢にしがみつき、両足を彼の腰に絡ませた。

「大好きなのに、忘れてて……ごめんなさい」

勝手な謝罪だと、自分でも分かっている。こんなふうに謝られたって、城沢が受けた心の傷が癒えるわけじゃない。

自分が許せなくて、でもどうしていいのか分からない。せめて気持ちを伝えたくて、快感と悲しみの混ざり合った涙声で何度も謝る。

すると宥《なだ》めるように、城沢が和羽の頭を撫《な》でた。

「私も君を疑って、すまなかった。これでお相子ということにしないか？」

頷くと城沢の腕が和羽を強く抱き、そのまま胡座《あぐら》をかいて屹立の上に落とす。より深くなった結合は、和羽に深い悦びと快感をもたらした。

それは城沢も同じだったらしく、数回突き上げると最奥に精を放つ。温かくねっとりとした感触が嬉しくて、和羽は一滴も漏らすまいと結合部を締め付ける。

そのまま拙《つたな》く腰を使い、萎えた城沢を煽《あお》る。だがそんなことをしなくても、すぐに受け入れていた雄は、硬さを取り戻した。

一度目よりも更に逞《たくま》しさを増した雄に感じすぎて、和羽はまともに動けなくなる。

――僕いった、ばっかりなのに……淳志さんの……すごい。

下腹部の奥からじんわりと広がる快感に、和羽の腰がひくりと跳ねる。

自ら求めるような動きが恥ずかしくて止めたいけれど、体は拙く腰を揺らして城沢を求めた。

「淳志、さん……っん」

「摑まっていなさい」

背中と腰を支えられ、和羽は素直に城沢の肩口に顔を埋《うず》める。

深く繋がった部分も密着した肌も、心地よくて堪《たま》らない。

動きが激しくなるにつれて、中出しされた精液が縁から滴る。淫らな粘液の音が響き、その音にも和羽は感じ入った。

「あ、奥……っ」

「そのまま締め付けて。ああ、いい子だ」

満足げな声に、和羽はふわりと微笑む。

愛する人を悦ばせているのだと実感し、それがとてつもなく嬉しい。

「もっと……乱暴に、して……構わないから……」

「大人を煽ってはいけないよ」

「いいんです。だって僕は、淳志さんが大好きだから……あんっ」

腰を摑まれ、激しく上下に揺さぶられる。言葉にならない嬌声を上げ、和羽は何度も上り詰める。

そして夜が明けても、二人は互いの意識がなくなるまで求め続けた。

英次には和羽の住むアパートを知られているので、万が一の場合を考え一時的に城沢のマンションへ身を寄せることになった。

通学には少し不便な立地だが、英次がそう簡単に諦めるとは思えないので城沢が強く勧めてくれたこともあり、和羽は彼の言葉に甘えることにしたのである。

とりあえずは元のアパートもカモフラージュとして引き払わず、様子を見ることになった。その家賃も城沢が出してくれると言われて流石に申し訳なくなり、出世払いにしてもらった。

そんな慌ただしい日々が落ち着いたのを見計らったように、引っ越し祝いと言って岩井が城沢のマンションを訪ねて来た。

「予想はしてたけど、こんなに早く同棲《どうせい》になるとはね。こいつ、かなり強引に引っ越しさせただろ。俺も嫁さん攫《さら》ってきたから、人のこととやかく言えないけどさ」

にやにやと笑う岩井は眼鏡もかけておらず、服装もこれまでのスーツ姿とは打って変わってラフなモデルのような恰好《かっこう》をしている。

前髪を下ろしているせいか、どう見てもチャラ男でしかなく、部屋に入ってきたとき和羽は直ぐに彼とは気が付かなかったほどだ。

何も知らない状態で城沢と並んで『どちらがホストか?』と聞けば、全員が迷わず岩井だと答えると断言できる。

城沢を紹介して貰ってから会うことが多くなり、大分砕けた話もできると思っていたけどこんな岩井を見るのは初めてで正直戸惑いを隠せない。

「本当に、岩井さんですよね？」

「本物だって……なーんて、実は偽物だったりして？」

もう数回繰り返した質問に、岩井は笑いながら答える。

リビングのソファへ座り寛ぐ岩井に、お茶と彼がお土産《みやげ》として持参した有名店のプリンを出す。

「悪い冗談は止めてくれないか？　和羽は真面目だから、信じてしまう」

呆れた様子で肩を竦める城沢にも同じものを出して、和羽も彼の隣に座る。

「今の姿が彼の本性だよ。大学の関係者には、礼儀正しい好青年の起業家で通してるようだけどね」

「城沢に言われたくないって。それにもう俺は嫁一筋なんだから過去の話はナシってことで！　それと長瀬、俺の過去とかそのうち城沢から聞くと思うけど、ゼミの後輩や教授には秘密で頼む」

「分かりました。でも僕が言っても、誰も信じないと思いますよ。みんな岩井さんのことは、仕事熱心な好青年だってイメージが強いですし」

するとこ岩井が、肩を竦める。

「長瀬だって、周囲からの評価気付いてないよな。自分じゃ付き合い悪いぼっちって思ってるみたいだけどさ、真面目で口も堅いし教授連中からも『生真面目すぎるから友人が少ないんじゃないか』なんて言われてるぞ」

意図して交流を避けていたのは、本当のことだ。

だから好意的に見られていないことは覚悟していたけれど、周囲の評価は真逆だと岩井から告げられて正直困惑してしまう。

「レベルの違う連中とは関わりません、なんてオーラ出してたら避けられるけどさ。長瀬は本来の人の良さがにじみ出るって言うの？　ゼミの共同発表なんかでも、積極的に資料集めたり発言してるって教授から聞いてるぜ」

「特別なことはしてませんよ。周りに余計な気遣いをさせたら申し訳ないから、せめて邪魔にならないように動いてただけですし」

休学していたから、元々少なかった友人は皆無になっている。

ただでさえ年齢差で浮くのが怖いから、グループ作業は気を配っていただけと和羽は力説する。

「それが良かったんだよ。周りも二年離れてると気を遣うけど、長瀬は先輩ぶったりしないで普通にしてただろ。だから周囲も、話しかけたかったみたいだぜ」

単純に自分は避けられていると思い込んでいたから、岩井の説明を素直に受け止められない。

ぽかんとしている和羽の肩を、城沢がそっと抱く。

「私も和羽と初めて出会った時から、君は気遣いができるタイプだと感じていたよ。ただ和羽自身が、周囲から浮いてると思い込んでたせいか、周りも一歩引いていたんじゃないかって思っていた」

「そうそう。でなけりゃ毎回飲み会の誘いなんて来ないって。場の雰囲気だって悪くなかっただろ？」

言われてみれば、思うところはある。

いくら和気藹々《わきあいあい》としたゼミでも、わざわざ空気を壊すような人を飲み会に毎回呼ぶようなことはしないだろう。

——考えすぎだったのかも。

「これからは、自分から話しかける努力をしてみます」

「私としては、和羽が私だけを見ていてくれる方が嬉しいが」

「束縛は嫌われるぞ。ってか今日来たのは、土産を渡しに来たんだよ」

言うと岩井は、横に置いてあった黒の書類鞄を開けた。

「プリンは頂きましたけど？」

「さっきのプリンは、引っ越し祝い。これは……あんまり嬉しくない土産かもな」

少し言い淀《よど》んでから封筒を差し出され、和羽は訳も分からず受け取ってしまう。

「お前の親父さんの実家から預かってきた」

「実家って古川の本家ですよね！　どうして岩井さんが、知ってるんですか？」

父が倒れて亡くなるまでの間に、本家の弁護士から大学を通じて何度か接触はあった。

だが和羽は父の意向を汲《く》んで、今でも本家にはメールアドレスと振込口座しか教えていない。

間に入っている本家側の弁護士にも、和羽の居場所を教えたら大学を中退してでも連絡を絶つと半ば脅しをかけているので、直接連絡を取ろうとはしない。

だから英次が現れた時は正直動揺したものの、彼が独自に信用調査会社を使い居場所を突きとめたと聞き、実際本家からは何も連絡がなかったので納得してしまったのだ。もしあの時、本家と連絡をとっていたならば、拗れたりはしなかっただろう。

「蛇の道は蛇ってことわざがあるだろ。長瀬には悪いと思ったけど、簡単に解決しそうにないからちょっと関わらせてもらった」

「そんな簡単にできるんですか？　本家はなんて……」

「仕事のついでにいろんなところへ顔を出してたら、繋がりができたんだよ。今はそれを有効活用してるって訳。城沢とも、ちょっとしたトラブルが縁で知り合って……って、話が脱線したな」

仕事柄、人脈が広いと聞いてはいたが、まさか短期間で和羽の身辺を調べ上げただけでなく、直接コンタクトを取っているとは思ってもみなかった。

「今の当主。つまり長瀬のお父さんの従弟に当たる人だけど、彼はまともな人だったよ。だから俺も直接会って、話をしてみようって気になったんだけどさ。ただ同じことを長瀬に強制するつもりはないから。そんでこの中に、本家の言い分が入ってる」

つまりは、あくまで岩井は橋渡し役で仲を取り持つわけではないと言っているのだ。

「手紙は二人で読んで、答えを出すこと。長瀬が一人で読むと、どうせ抱え込むだろうからな」

「ご迷惑をおかけして、すみませんでした」

「いいって。お礼なら今度俺が投資するマンション買収の件に、城沢が少し資金提供してくれればいいし。ああ、損はさせないから安心してくれ。それじゃあな」

言いたいことだけ言うと、岩井は鞄を手にしてさっさと部屋を出て行ってしまう。

その余りに早い行動に、二人は見送りすらできなかった。我に返った和羽が玄関まで行ったときには、既に岩井はエレベータに乗り込んでおり、仕方なく鍵を閉めてリビングへと戻るしかなかった。

「今までの岩井さん像が、崩れました。悪い人じゃないんでしょうけど……行動が読めません」

「だろうね。彼は自由奔放だから」

苦笑する城沢から察するに、これまでも散々岩井に振り回されてきたと知れた。本家からこうして手紙を預かってくるくらいだから、相当踏み込んだ話も聞いているはずだ。

勝手に首を突っ込まれているが、どうしてか嫌な感じはしない。

「岩井さんの奥さんて、よくよく考えたら……なんていうかすごいですよね」

「確かに彼を受け入れられる心の広さがなければ、無理だろうね」

「……そういえば、淳志さんは岩井さんの奥さんに会ったことありますか？」

あの岩井をべた惚れさせただけでなく、一緒に暮らしている女性は相当肝が据わっていなければストレスで倒れる気がする。

素朴な疑問を口にした和羽だが、返された答えは意外だった。

「言われてみればないな。これまで遊んだ話は散々聞かされたが、彼が『嫁が来た』と騒いでからは、悪い遊びも止めたようだし。結婚したというのは。嘘ではないのだろうけど……」

二人して小首を傾げるけれど、当事者が帰っているので詮索《せんさく》しても答えは出ない。

「今度聞いてみるよ」

城沢も和羽の指摘で疑問を覚えたのか、真面目な顔になって約束する。とりあえず岩井の件はそれで纏《まと》め、和羽は改めて封を切る。

「一緒に読んで貰えますか？」

「岩井はああ言っていたが、無理には……」

気を遣っているのだと分かるけれど、和羽は首を横に振る。

「これからは、淳志さんと全てを共有したいんです」

封筒の中には、中から三つ折りにされた白い便せんが五枚ほど入れられていた。出して広げると、書いた人の性格を表すような折り目正しい文字が綴《つづ》られている。

「これ英次さんの、お父さんからです。僕の父の従弟に当たる方で、数回しか会ったことはないんですけど」

正直なところ、本家側の言い分は話半分で聞いていた。

一族の中でも比較的まともな考え方をしていたと噂では聞いていたけれど、継いだとなれば多少は祖父母と似たような思考の持ち主だと決めつけていたのは否めない。

「父の身代わりになってくれたんですね。なのに、僕も両親も逃げてばかりで」

手紙を読み進めると、和羽の父に直接詫《わ》びることが出来なかった謝罪と、閉鎖的な本家の改革を進めていることが書かれていた。

古いしきたりに囚われ、分家を召使いのように扱う本家のやり方に反発を覚える若い世代が多いようだ。そこで現当主を筆頭に、由緒ある家を守るためにも意識の改革を進めているらしい。

そこで和羽にも、一度本家に戻って貰い若い世代のまとめ役になって欲しいというのが手紙の主題だった。

父が出て行ったせいで、関係のなかった彼等に本家の改革を任せる形になったのは申し訳ないと思う。

罪悪感を覚えるけれど、だからといって本家に戻るつもりはない。複雑な気持ちを察してくれたのか、城沢が和羽の肩を抱いてくれる。

「この人は実行する気力があったけれど、君のお父さんはその気持ちさえ削《そ》がれてしまっていただけだ」

「ええ……物心ついた時から祖父母に当主としての心構えをたたき込まれたそうですが、時代錯誤すぎでついて行けなかったと零してました。母との結婚も大反対されたと聞いてます」

けれど反抗しても、祖父母には敵わず諦めの気持ちだけが膨らんでいったのだ。あの無力感は、和羽にも理解できる。

「和羽も君のご両親も、家風が合わなかっただけだから、自分を責めるようなことはしなくていいんだよ」

和羽は頷き、慰めの言葉を素直に受け入れる。悩んだところで、既に両親は他界しており、もう元にはもどせないのだ。

手紙の最後に英次の処遇が書かれており、現在は本家の親族が連れ戻して、連絡手段を全て取り上げ和羽に二度と接触させないと記されている。

文面から察するに英次は実質本家内で軟禁状態にあり、借金も多かったので信頼できる親族監視の下で働かせるようだ。

全て読み終わった和羽は、長い溜息をつく。

「本家の意向は分かりました。父の代わりに家を継いでくれたことには感謝もしています。でも……これからの人生には関わって欲しくない」

「和羽がそう思うなら、それでいい」

「僕は、狡《ずる》いでしょうか」

「いいや。もしも君が本家に戻りたかったのなら、これまで何度かチャンスがあった筈だろう？　それでも戻らなかったのは、やはり心のどこかで向こうのやり方が納得できなかったからだと私は思うよ」

全てを肯定してくれる城沢の言葉に、和羽はほっと胸をなで下ろす。

当分は『逃げた』という負い目で悩むだろうけど、時が経てば自分なりに納得できる気がする。

「本家とは、縁を切ると手紙を出します」

「それがいい。岩井君に頼めば、届けてくれるだろう。わざわざこちらの住所を教える必要はないからね」

今までは信用調査会社を使って居場所を知られてしまっていたが、城沢の庇護《ひご》下に居る限りそう簡単に知ることはできない筈だ。

それに岩井も、本家との間に立ってくれているから彼等が行動を起こせば、すぐに連絡が来る。

「しかし、本家との親戚づきあいがなくなれば君は……」

「はい。両親ももういないから、本当に独りぼっちです。でも、淳志さんと一緒に居られるのなら僕はそれで十分だから」

自分には城沢が居てくれる。

他には何も望まないのだと続ければ、優しい口づけが額に落とされた。

「二度と離さないからな」

微笑む城沢に、和羽は目元を赤く染めて頷く。

やっと心から安堵《あんど》できる場所を得られた和羽の目尻から、涙があふれ出す。もう一人で思い悩むことも、逃げる必要もない。

「愛しているよ、和羽」

初恋の人に抱きしめられ、和羽は甘く微笑んだ。

花嫁達は交錯する

本家との確執もなくなり晴れて自由となった和羽《かずは》だが、現在幾つかの悩みを抱えていた。中でも問題なのは、同居する城沢《しろさわ》と生活時間が合わないこと。

もう一つは……。

深夜に帰宅した城沢に、お茶とサンドイッチを用意していた和羽はふと大切なことを思い出す。

「淳志《あつし》さん、今更なんですけれど。以前受け取ったタクシー代をお返しします。なかなか言う機会がなくてすみませんでした」

「タクシー代？」

渡した本人はすっかり忘れていたのか、怪訝《けげん》そうに首を傾《かし》げる。

まだ城沢に『講義』をしてもらっていた時に、ホテルで受け取ったお金だ。犯されて混乱していた和羽は、その後もごたごたが続いたのでつい最近まで鞄《かばん》に仕舞った封筒の存在を忘れていたのである。

そう説明して城沢に返そうとしたのだけれど、城沢はどうしてか受け取ろうとしない。

「……あの夜は、私が悪かったから。受け取ってくれないかな」

「お金で解決するみたいで、嫌です。それにもう、誤解は解けたから受け取る意味もありません」

お互いに気を遣っていると理解しているが、歯車がかみ合っていない。このもどかしいすれ違いは、お金の件とは別に数日前から続いている。

内容は些細《ささい》なもので、ちょっとした連絡ミスが原因のものばかりだ。

先週、城沢が出張した際も、伝えたつもりで出かけてしまいちょっとした喧嘩に発展した。その後も、和羽がバイト先の食事会に呼ばれたことを言い忘れるなど、ぎくしゃくしたすれ違いが続いていた。

「僕は淳志さんと、喧嘩をしたいわけじゃないんです」

「私も同意見だよ」

とは言うものの、会話が続かず気まずい雰囲気になってしまう。和羽は城沢が好きで、あの夜、乱暴されたことも吹っ切っている。

続いてしまった連絡ミスも、お互いの生活時間が合わず言ったつもりになっているのが原因だと気付いている。

城沢も和羽も、その都度謝罪をしており、解決済みの筈《はず》だったのだ。

「困ったな、お金の件もそうだけれど有耶無耶《うやむや》にする気はないんだ」

「……理屈では分かります。でも、納得できません」

恐らく城沢からすれば、謝罪の意味もあるけれどお金は単純にお小遣い程度の認識なのだろう。

もし城沢が受け取っても、後日別の形で渡してくるのは目に見えている。岩井《いわい》が知ったら

『考えすぎ』と一蹴されるような、所謂痴話喧嘩だ。

困り果てて溜息をつく和羽に、軽い夜食を食べた城沢が一つの提案をする。

「よければそのお金で、私にプレゼントを買ってくれないか？」

「プレゼント？」

「君が何を選んでくるのか、とても興味があるんだ」

皿を流しへと片付ける城沢を目で追いながら、和羽は考え込む。確かに彼へのプレゼント代と考えれば、気持ち的にも受け入れやすい。

けれど、今まで母の日のカーネーションくらいしかプレゼントなど買ったことのない和羽にとって、意外とハードルは高いのだ。

不意に背後から抱きすくめられ、首筋にキスが落とされる。

「ひゃっ」

「私へのプレゼントということで、いいね？」

否定する理由は見つけられなかったから、和羽はこくりと頷《うなず》く。

「和羽、ベッドへ行こうか」

欲情した声で呼ばれただけで、腰が甘く疼《うず》いた。

この数日、城沢は残業続きだったから彼の熱を感じられるだけで淫《みだ》らな期待をしてしまう。

そして城沢も、何を望んでいるのかなんて分かりきっていた。

「お風呂は……」

「後でいい」

既にパジャマに着替えていた和羽は、軽々と抱き上げられてベッドルームに運ばれる。

「君のことばかり考えていた」

「……してなかったのって、たった三日ですよ。講義をしてもらっていた時も、毎日会ってたわけじゃないのに」

「人間は、欲深くなるものだよ」

横たえられた和羽の胸に城沢の手が触れ、シャツをたくし上げられる。胸の飾りは立ち上がっていて、下半身も自己主張を始めていた。

「待って気持ちの準備が……」

性急な求めに、和羽は気恥ずかしくなって身を捩《よじ》る。

けれど城沢はジャケットを脱ぎ捨てスラックスを寛《くつろ》げると、硬く張り詰めた自身を和羽の内股《うちもも》に擦り付けた。

「分かっている。でも我慢ができない」

――淳志さんて、こんなに我《わ》が儘《まま》だったたっけ？

怯《おび》えと快楽への期待が入り交じり、和羽は真っ赤になって視線を逸《そ》らした。

「ローションは使うから、痛い思いはさせないよ」

パジャマのズボンを下着ごとおろされ、まだ解《ほぐ》されていない後孔を指で擽《くすぐ》られる。それだけで、和羽の後孔は物欲しげにひくついた。

「大丈夫、です……酷《ひど》いことしないって、信じてますから」

「ありがとう、和羽」

体はもう、避妊具やローションなしでも城沢の雄を受け入れられるほどに慣らされてしまっている。

それでも城沢は和羽の体を気遣い、負担が少ないようにしてくれるのだ。二人の気持ちがすれ違った夜のように、乱暴に犯しても構わないのだけれど、今それを言ったらまた拗《こじ》れてしまう気がする。

「愛しているよ、和羽」

甘い時間に誘う声に、うっとりと目を細めて頷く。

今はまだ、何も考えずに城沢の愛撫《あいぶ》に浸ろうと決めた。


「っん……ぁ」

深い口づけを交わしながら、互いに服を脱がせあう。

「今夜は、淫らな君を見たい」

欲情を抑えきれない雄《おす》の声に、和羽は目元を染めた。体はもう、城沢を受け入れたくて疼いている。

「淳志さん、僕の体……どんどん変になってる」

「どんなふうに？」

素肌を曝《さら》し、間接照明の淡い光の中で和羽は膝《ひざ》を抱えてベッドの上に座る。

自身はまだ軽く熱を帯びた程度だが、後孔がヒクついているのが自分でも分かるのだ。

「……一人で寝る時は、指で……しないと、収まらなくて」

「それは自分で前立腺《ぜんりつせん》を擦《こす》るということかな？」

分かっている筈なのに、城沢はわざと尋ねてくる。それに恥じらいながらも、和羽は正直に答えた。

「本当は奥まで擦りたいけど、届かないから」

「ああ、和羽の体は私が最奥《さいおう》まで開発してしまったからね。でも長く焦《じ》らされてから受け入れると、気持ちがいいだろう？」

そんなことはない、と否定する余裕もない。

和羽は耐えきれず横たわると、膝を曲げたまま脚を広げる。露《あら》わになった後孔に城沢の指が触れて、下腹部が期待に疼いた。

「綺麗《きれい》なピンク色だね。なのにとてもいやらしく動いている……指を挿れるよ」

「あ……」

第二関節まで入った指が、ぷくりと膨れて自己主張する前立腺を捉《とら》えた。そのまま指の腹で押しつぶし、擦り上げ散々嬲《なぶ》る。

「や、んっ……あっ、そこばっかり、や」

「折角だから、今日は中を解しただけで挿れてみようか。和羽の体も愛撫されるより、最初から強い刺激を望んでいるようだしね」

「だって、淳志さんが……僕の体をこんなふうに変えたから……」

「そうだよ、和羽は淫らで、とても私好みに変わってくれた」

触れるだけのキスをして、城沢が至近距離で微笑《ほほえ》む。ぼうっと見惚《みと》れる和羽に、城沢は甘く囁《ささや》いた。

「これからは、もっと中を可愛がってあげよう。そうだね、私が中に出すだけでイき続けるようにしてしまおうか」

「そんな、駄目……っ」

口では否定しても、後孔は挿れられた指を締め付けてしまう。

愛され、求められる悦《よろこ》びに和羽は抗《あらが》えないのだ。

「解すから、力を抜いて」

指が増やされ、肉襞《にくひだ》を丁寧に擦られる。びくびくと反応する部分を重点的に責められ、和羽は甘い悲鳴を上げた。

まだ絶頂にはほど遠いが、城沢に教え込まれた快楽に体は従順な反応を返す。

——もう、挿れていいのに……。

あの熱くて逞《たくま》しい城沢の雄を、早く奥まで受け入れたい。そして乱暴に蹂躙《じゅうりん》され、中に精液を出して欲しい。

淫らな欲求は、抱かれる度に激しくなっていく。

「もう、頃合いのようだね」

くちりと音を立てて、指が引き抜かれた。

期待に腰が揺れ、和羽は視線で城沢を誘う。

「そんな顔を、他の男に見せてはいけないよ。約束してくれるね」

「見せたりなんかしません。それに……こんなことするのは、淳志さんだけですよ」

「君はとても魅力的だからね。自分では気付いていないようだけど、危険な場所には絶対に行っては駄目だ」

本気で心配する城沢に、和羽は甘く微笑む。

「じゃあ、危ない所へ行かないように僕を捕まえていて下さい。淳志さんにならら、監禁されたっていいんですよ」

こんなにも自分は城沢を慕っているのに、普段の生活ではすれ違う。

どうしてなのかと考えても、答えは出ない。

「私だって、できることなら君に首輪と足かせを付けて一日中ベッドで愛していたい」

だがそれは、あくまで妄想だと分かっている。

それだけ二人は、惹《ひ》かれ合っているのだ。

「あの、淳志さん……」

「なんだい？」

腰を捉えられ、後孔に城沢の先端が触れた状態で互いに見つめ合う。

「この間、バイト先で後輩の子が……ちょっと、マニアな雑誌を持って来てて、興味本位で少し見ちゃったんですけど」

「うん？」

それは単純に、好奇心が暴走しただけだ。持って来たバイトの後輩も、卑猥《ひわい》な笑い話の一つとして話題にしただけで、女性スタッフに見つかる前に捨ててしまった。

「その、特殊な趣味……なんでしょうけど、引かないで聞いてくれますか？」

「慎ましやかな君が、性的な話をすると言うだけで興奮するよ」

どこまで本気なのか分からないけど、思わせぶりなことだけ言ってやっぱり止《や》めたというのも雰囲気が壊れるだろう。

和羽は後孔に彼の熱を宛《あて》がわれた状態で、雑誌の内容を口にした。

「……男同士のセックスでも感じるって話で……その、中だけで何度もイくと……すごく気持ちいいって書いてあって」

「興味があるんだね」

これまでも和羽は中で上り詰めている。

今更だけれど、雑誌に書いてあったのは『雌イキ』という字面だけでもかなり卑猥なものだった。

本当の性交でなくても、ディルドを挿れたまま奥を刺激して際限なくイき続けるという自慰の方法だ。

それも回数を重ねるほど感覚は敏感になって、射精よりも気持ちがいいらしい。

「ああ、そうされたいのか。いいよ、和羽の望みなら喜んで叶えよう」

「でも、あの」

「遠慮することはない。よがり狂う君を、私も見てみたい。君は失神するほど感じても、頑《かたく》なに声を抑えようとするからね」

「えっ」

言われてみれば、快感が増すということは理性も利かなくなり、あられもない声を上げ続けることにもなる。

「や、やっぱりいいです」

「私しか見ていないのだから、いいだろう?」

それが恥ずかしいのだと訴えたところで、城沢はやめるつもりはないようだ。

「和羽、挿れるよ」

わざと意識させるように宣言してから、城沢が反り返った雄をゆっくりと挿入してくる。

肉同士が擦れ合い、それだけで和羽は身悶《みもだ》えた。

久しぶりに感じる城沢に、全身が歓喜している。ぷちゅ、くちゅと、粘液が空気と交ざる音が響き、卑猥さが増す。

「まだ、イッてはいけないよ」

「う……」

こくこくと頷くと、城沢が更に腰を進める。内壁が城沢の雄に吸い付き、奥へ誘うように痙攣《けいれん》を始めた。

——久しぶりだから、すごく感じる。

ことさら時間を掛けて挿入された和羽は、もどかしげに腰を動かすけれどすぐに押さえられてしまう。

「駄目だよ、和羽。長くイかせてあげるから、君は大人しくしていなさい」

「いやっ、だってもう……我慢できないっ」

「知っているよ。奥がずっと、私を食い締めているからね。けどイく寸前の状態を長引かせて、敏感にした方が悦くなると思うんだよ」

「ひっ、あ」

こつんと、軽く奥を突かれる。

射精しそうだったのに、寸前で止められ下腹部がじんじんと疼いた。城沢は上半身を起こしているので、硬くなった和羽の自身が彼の腹筋に擦れることはない。

イきたければ、中からの刺激だけで上り詰めるしかないのだ。キスも、他の場所への愛撫も一切なく、ただ内側を擦られての射精は流石《さすが》に未経験だ。

「おねが……い。淳志、さん……」

時折、思い出したように中を抉《えぐ》られ、腰を揺さぶられる。しかし城沢は徹底して刺激を加減し、和羽がイくことを許さない。

城沢だって辛いはずなのに、前髪から汗を滴らせながらもけっして欲望に身を任せようとはせず、和羽を快感に浸らせ続ける。

「淳志さん……もう、だめっ」

「仕方がないね。それじゃあ、雑誌に書いてあった内容より、もっと恥ずかしい方法でイかせてあげよう」

「な、に……ひ……っ」

硬く反り返った和羽の根元を、城沢が指で戒めた。

そのまま奥を緩やかに小突き、刺激する。

「や、イく……あっぁ……」

先走りすら出せないまま、和羽は中だけで上り詰める。いつもなら達したら射精させてくれるのに、城沢は指を解《ほど》かない。

それどころか、敏感になった内部をもっと激しく蹂躙し始める。

「…あ……ぁ」

「人前で、そんな雑誌を読んだらいけないよ。和羽に恥ずかしいことを教えるのは、私の役目なんだからね」

独占欲丸出しの言葉に、和羽は泣きながら頷く。

「もう、見ません……セックスのことは、淳志さんに全部……教えて貰うから…っあ……だから許して……っ」

「いい子だ」

戒めが外されるが、和羽の中心はなかなか吐精しない。強く突き上げられても、鈴口からゆるゆると蜜《みつ》が零《こぼ》れるだけだ。

「どうして……っん」

「長くせき止められると、出にくくなるんだよ」

中を蹂躙する動きは止めず、城沢が意地悪く言う。

「一気に出した方が気持ちはいいだろうけど、焦れったい射精は続けていると癖になるそうだ。それに慣れれば、とてもイイらしい」

「あ、あぅ……なか、も……」

「そうだね、和羽は奥でもイってるから丁度いいだろう？」

中イキと終わらない射精に、和羽は翻弄《ほんろう》される。いやらしい悲鳴を上げ、城沢に問われるまま淫らな質問に嗚咽《おえつ》混じりに答える。

理性はとうにかき消えて、ただ快楽だけを追い続けていた。

「――和羽、君が望んだように出来ているかな？　私とのセックスが、合格だといいのだけれど」

「はい……きもち、いい……淳志さんと、するの……すき……っ」

上り詰めた状態を維持され、和羽は腰を摑《つか》む城沢の腕に爪《つめ》を立てる。

「だから、お願い……淳志さんも、奥に出して……」

彼の熱が欲しくて、和羽は甘い声でねだった。

「私が満足するまで君の中に注ぐよ。途中で嫌だと言っても止められないけど構わないね？」

「……はい……淳志さんの、好きにして…」

卑猥な約束に戸惑うことなく頷くと、律動が途端に激しくなった。狭い肉襞を擦られ、悲鳴を上げる和羽の最奥へ、城沢が熱を吐き出す。

「あっぁ……や」

射精しながら蹂躙する雄に、和羽は頷いてしまったことを後悔するけれどもう遅い。いきり立つ雄は、射精してもなかなか萎《な》えない。落ち着いても城沢は抜こうとはせず、和羽の締め付けだけで熱を戻し硬くなると蹂躙を繰り返した。

途中からは和羽の自身は萎えたまま戻らず、中だけでイき続ける。

声も嗄《か》れ果て、不規則な痙攣を繰り返すばかりになった頃、やっと和羽の中から雄が抜かれ、そのまま意識を失った。


プレゼントを買うと約束したものの、和羽は正直困り果てていた。

本家に居た頃は裕福だったけれど、両親の方針でお小遣いは必要最低限だった。

肉親であっても『跡取りがものを贈るなど恥ずかしい』と祖父母が怒るので、プレゼントを選んだこともない。

家族で家を出てからは金銭的に余裕のない生活が続き、精々母の日に花を贈ったりする程度だった。

そこでゼミで同じグループの女子に、同棲《どうせい》している相手に贈るということは伏せて年上の男性に対するプレゼントはどういったものがよいのか聞いてみた。

すると『相手の好みが分からないから、とりあえず色々な品物を見て判断したら？』と言われ某雑貨店を教えて貰《もら》ったのだけれど……。

「どこから見ればいいんだろう」

案内板の前に立ち尽くし、和羽は困り果てた。

二棟ある六階建てのビルの全てが雑貨店で、ここを見て回れば生活に必要な品物は殆《ほとん》ど揃《そろ》うらしい。

「とりあえず、入ろう」

しかし入ってみたものの、陳列されている商品の多さに圧倒されて何から見ればいいのかさっぱり分からない。

観葉植物だけのフロアがあったかと思えば、手作りキット専門店や趣味のアウトドアが揃ったコーナーなど、あちこちに興味を引くポップが飾られている。

こんなことなら、城沢の趣味くらいは聞いておけば良かったと思うが後の祭りだ。改めて出直すという手もあったが、城沢に欲しいものを聞いても当たり障りのない返事しか返ってこないだろう。

——無難にネクタイにしておけば、よかったかな。

しかし、仕事柄数百本を下らないネクタイを所有している城沢に贈っても、余り意味がない気がする。

城沢は喜んでくれると予想できるが、和羽が納得できない。

——万年筆？　だと、ありきたりかな。

奇をてらったものを狙っているつもりはないけれど、折角だから驚かせたいとも思う。

しかし普段使いの文具などは、城沢なりに拘《こだわ》りがあると知っている。

とはいえ、自分が選んだものが本当に喜ばれるのかと考えると、自信などない。

「どれがいいんだろう」

なんとなく呟《つぶや》きながら、綺麗にディスプレイされた棚を見て回る。

大学で使うノートや、カラフルなペンに混じって『注目コーナー』と目立つポップが飛び込んでくる。

陳列されているのは、少し前にゼミのグループで話題になった、資料整理用のノートだ。

計画表にしてもいいし、レポートの資料を纏めるのにも使い勝手がよいと評判でカラフルな色合いも学生受けがいい。

——たしか岩井さんが、大学の後輩をデザイン事務所に紹介して作った多機能ノートだっけ。

発売直後にすぐ売り切れてしまい、更に評判になっている品だ。折角だから買おうと思い手を伸ばすと、右側から伸びてきた手とぶつかってしまう。

「すみません」

「あ……こっちこそ、ごめんなさい。こ、このノート買うんですか？　便利ですよね」

「僕はまだ、使ったことがないんですけど、友人から聞いて気になって」

「すごくいいですよ。僕は、家計簿に使ってます」

嬉しそうに笑う青年に、和羽は同性だと分かっても見惚れてしまう。

男に失礼な表現だが、微笑む青年は淡いピンク色のスイートピーを思わせた。

自分も小柄な方で、今でも女性に間違えられることもある。だが青年は和羽より更に背が低く華奢《きゃしゃ》で、纏う雰囲気からして花のようなのだ。

――年下かな？　でも大人びた感じもするし……。

モデルとも違う目を引く可愛らしい容姿に、思わず見つめていると青年が少し困ったように小首を傾げる。

そして予想もしていなかった問いかけをしてきた。

「……あの。失礼だったらごめんなさい。なにか困ってますか？　い、いきなりこんなこと聞いてすみません」

いくらかおどおどとした口調だが、心配そうに見上げてくる瞳《ひとみ》からは好奇心ではなく善意が感じられる。

――悩んでたのが、顔に出たのかな。

誤魔化《ごまか》して立ち去ることもできるけど、どうしてかこの青年と話をしたくなった。

「ええ、お世話になってる方にプレゼントを買おうと思って探していたんですけど。選んだことがないから、よく分からなくて」

正直に相手が何を欲しがっているのか分からないと告げれば、不可解そうな顔もせず納得したように青年が頷く。

「その気持ち、僕も分かります」

「えっ」

ぽそぽそ話していた青年が、顔を上げる。

「選ぶのって、難しいですよね。本当に喜んで貰えるかなとか、考え始めるとなかなか決められなくて。何でもいいとか言われてると、余計に困るんですよね」

「そうなんです！　よければ、一緒に選んで貰えませんか」

「はい！」

すごく嬉しそうに頷くので、和羽も顔がほころぶ。初めて出会ってまだ少ししか話をしていないのに、この青年とは気が合うなと直感した。

「プレゼントを渡す方って、どんなお仕事なんですか？　趣味とか生活時間が分かれば、いくらか絞り込めるんですけど」

問われた和羽は、改めて自分と城沢との間にすれ違い以前に、知らないことが多いと気が付く。

自分は学生で、城沢は社会人なのだから仕方がないが、それでも『講義』を受けていたときより顔を合わせている時間は明らかに少ない。

相手が年上の男性という点は伏せて、和羽はプレゼントを渡す相手と一緒に暮らしているがすれ違いが多いと青年に説明した。

「元は接客業で、今は経営がメインだって聞いてます。最近は特に忙しいみたいで、深夜までオフィスに籠《こ》もっていることも珍しくないんですよ……趣味は、分からないや」

辛うじて帰宅はするが、殆ど深夜だ。

時間があれば本を読んでいるけれど、その殆どはビジネス関連の書籍で娯楽と呼べるものは皆無に近い。

「働く時間が不規則だったりすると、すれ違いが増えますよね」

「すごく不規則ですね。休みもあってないようなものだし。ここ一週間は、完全に昼夜逆転だし」

「僕が一緒に暮らしている人と似てますね。たまに休みが重なっても、疲れているのが分かるから休んでほしいって思うし。なかなかコミュニケーションが取れないっていうか」

饒舌《じょうぜつ》に語る青年に、和羽もうんうんと頷く。

「分かります。家族以外の人と生活するのって初めてだから色々聞きたいこともあるんだけど、そんなことで煩わせたら駄目だよなとか。考えちゃって」

城沢とは話したつもりになっていたけれど、いざ一緒に生活してみると勝手が分からないことが多い。

気にしないで良いといってくれるけど、掃除や洗濯とかどこまで手を出していいのか分からないのが現状だ。

それを話すと、青年は経験者なのかくすりと笑う。その笑みは嫌味ではなく、歩み寄ろうとする二人を見守るような優しい笑顔だ。

「僕も最初は戸惑いましたけど、今は割と勝手にやってるかな。それでも迷う時ってあるし、困りますよね」

青年に共感されると、どうしてか気持ちが落ち着いてくる。理解者がいるというだけで、随分と気持ちが楽になるのだと和羽は思う。

「じゃあ、二人のコミュニケーションを密にするようなグッズとかどうですか？」

「そんな便利なものがあるんですか！」

驚く和羽に、青年が笑みを深くする。

「勿論《もちろん》、グッズだけじゃなくて本人の努力も必要ですけど。あなたなら、上手《うま》く使えると思うんです」

青年は和羽の手を取ると、同じフロアの少し離れた区画へと歩き出した。この店は来慣れているのか、迷って歩みが止まることはない。

――なんだか、楽しいな。

城沢や岩井とも違う感覚だ。これまで親友と呼べる相手はいなかったから、その表現が適当なのかも分からない。

でも不思議な距離感は、心地よくてもっと彼と話していたくなる。

「ここです」

女子高生が使うような、シールや付箋《ふせん》が置いてある区画に案内され、流石に和羽もぽかんとしてしまう。

「付箋?」

「僕も最近使ってるんです。便利ですよ」

そう言って青年が、可愛らしい子猫の描かれた付箋を手に取る。紙の端には『急用』とか『後で読んでね』など一言が添えられており、書き込んだ内容の重要度に応じて丸を付けるタイプのようだ。

「最近、一緒に暮らし始めた人が居るんですけど、なかなか生活時間が合わなくて。困っていたときに、妹から教えて貰ったんです」

――僕と同じだ。

だから雰囲気で察したのだと、思い至る。

「最初は交換日記にしようかって案も出たんですけど、いざ書くとなると考え込んじゃって。それなら付箋に一言『お疲れさま』とかだけでも気持ちが伝わるし」

確かに付箋なら、意思疎通は一言ですむ。

「『お弁当の野菜も食べましょう』なんて注意も、付箋なら、忙しくても気軽に書けて楽ですよ。他にも言いたいこととか、さらっと書けるから、読んだ方も素直に受け止められますし」

「お弁当作るんですか！」

「これでも調理専門学校で、成績トップなんですよ」

えっへんと擬音が付くような恰好《かっこう》で胸を張る青年は、和羽が見ても本当に可愛らしい。

「指、ささくれもないから。家事はしないのかなって思ってました」

「水仕事は得意ですよ。手は遺伝なのか、ささくれやひび割れができにくい体質なんです。同居してる人が、気を遣ってハンドクリームを買ってきてくれるから、そのお陰もありますね」

話しながら、青年が野菜をデフォルメした可愛いシールを手に取る。つられて和羽も、リボンをモチーフにした付箋を選ぶ。

「これにしようかな」

「いいですね。他にもカラーペンやシールで飾るのも、楽しいですよ」

城沢が可愛らしいシールを貼り付けるのは想像できないけど、それはそれで楽しそうだ。

幾つかの付箋などを選び会計に行こうかという時になって、二人がいる棚の端の方から声が響く。

「斎希《いっき》、勝手に離れないでよ！　迷子になったかと思ったわ」

斎希と呼ばれた青年が、慌てた様子で声の方を振り返った。

その視線の先にはフリルの付いた可愛らしいデザインのワンピースを着た、明るい髪の女性が立っており、両手を挙げて振っている。

「ごめん、結花《ゆか》。買い物に夢中になっちゃって——すみません、妹が呼んでるので戻ります。引っ張り回しておいてごめんなさい」

二人は双子なのか、顔立ちや背格好もそっくりだ。

「いえ、こちらこそ助かりました」

「待ち合わせに遅れるわよ！」

「はーい。今行くから。それじゃあ、失礼します」

ぺこりと頭を下げると、斎希は結花の方へと駆けていく。

——名前、言えなかった。

なんとなく二人を見ていると、和羽の視線に気付いた斎希が結花に何事かを囁き、改めて二人で会釈してきた。

和羽も返すと、兄妹は笑顔でその場を立ち去る。

——……双子かな？　僕からも名乗ればよかった。

また会えたらいいなと思いながら、和羽は斎希と二人で選んだ文具以外にも幾つか手にして、レジへと向かった。


和羽が帰宅すると、リビングにはやはり今帰ったばかりといった様子の城沢がいて少し驚く。

「お帰りなさい。じゃなくて、ただいま？　っていうか、お仕事はどうしたんですか？」

「このところ残業続きだったからね、今日は早めに上がったんだよ」

帰宅は深夜になると聞いていたから、夕食の用意はしていない。自分だけなら適当に済ませようと思っていた和羽に、城沢が有名料亭の袋を渡す。

「たまには、こういうものもいいだろう。二人分をオーダーして作って貰ったんだ」

中には三段のお重弁当が入っており、和羽は漆《うるし》塗りの弁当箱と城沢を交互に見る。

「いいんですか、こんな高そうなの……」

それとも、普段自分の作る料理が貧相なのかとついネガティブに考えてしまう。

「私は毎食でも和羽の料理を食べたいけれど、たまには君に休んでほしかったんだが。不愉快になったのなら、すまない」

「いえ、驚いただけで……嬉しいです。それに料理は好きだから、気にしないで下さい」

城沢が買ってきたお弁当は好意の証《あかし》だと分かるから、和羽は笑顔で首を横に振る。彼もまた、自分と同じように手探りの状態なのだろう。

相手を喜ばせたいという単純な気持ちがあっても、いざ何かを買ったり行動に移すと途端に不安になってしまう。

「お箸《はし》と取り皿を用意しますから、淳志さんは着替えてきて下さい」

そう促して、和羽は食事の用意を始める。とはいっても、お皿とお茶を用意するだけだから、大して時間はかからない。

城沢もラフな部屋着に着替えて、程なく戻ってくる。

「そういえば、二人でゆっくり夕食なんて久しぶりですね」

「ああ。実は恥ずかしい話、真面目な夫になろうとして仕事に気合いを入れすぎていたようだ。部下に『同棲を始めたばかりなら、二人の時間を大切にするべきです』なんて説教をされたよ」

とても弁当とは思えない豪華なお重を食べつつ、他愛のない会話をする。

一緒に暮らし始めたのに、こんな和やかな時間を持ったのは久しぶりだと気が付く。久しぶりにのんびりとした夕食を終えると、和羽は今日買ってきた文具をテーブルに並べて見せた。

付箋とカラーペン、そしてデコ用の可愛らしいシールに城沢が興味深げに見入る。

「これは素敵だね。最近の文房具は、凝っているんだな」

「消しゴムで消せるペンや、この報告書添付用のシールなんて面白いですよね」

案内してくれた斎希と別れた後も、フロアを回って気になったものを幾つか買ってみたのだ。

「あとこのノート、岩井さんが友達のデザイナーさんとゼミの卒業生のアイデアを合わせて作った商品なんですよ」

「岩井君は、本当に色々なところに顔を出しているんだな」

人脈が広いなと、城沢が唸《うな》る。岩井は面白そうだと思うと、どこにでもかなり強引に首を突っ込む性格のようだ。

持ち前の明るい性格でいつの間にかグループの中核に入り込み、プロジェクトを成功させるのが趣味の一つだと豪語している。

本人はあくまで楽しいことを追求しているだけのようだが、結果として仕事や人脈作りに繋《つな》がっているのだと城沢が真面目に説明してくれる。

「しかし、どうしてこれを選んだんだい？」

ノートなら大学で使うから分かるけれど、大量のペンやシールの使い道はやはり城沢には理解できないようだ。

なので和羽は正直に、自分が選んだものではないと話す。

「実はこのカラーペンとシールは、お店で会った人に選んで貰ったんです。一緒に生活してる人に渡すプレゼントを探してるって話をしたら『一言書くだけで気持ちが伝わるし、便利』だって」

「その彼も、いいアイデアを持っているね。これなら、ちょっとした伝言のコミュニケーションができて便利だ」

意図を理解した城沢が頷く。

「もし僕が選んでたら、買ってませんでした」

文具は必要最低限で、機能性重視だから遊び心のあるものなんて手にしようとも思わなかった。

それは城沢も同じらしく、立体的なシールや様々な形の付箋を興味深げに眺めている。

「だからこれ、城沢さんへのプレゼントです。自分で選んだんじゃなくて、手伝って貰ってたんですけど……いいですか？」

「その親切な方の意見を聞いて、和羽も賛同したのだろう？　無理に買った訳ではないなら、構わないよ」

「よかった」

「それに、一緒に使えるという点もいいね」

ほっと胸をなで下ろし、和羽はあの儚《はかな》げな青年に心の中で礼を言う。

「——とても感じのよい方でした。歳も近そうだったし……また会えたらいいな」

「君がそんなことを言い出すなんて、珍しいね」

以前よりは人見知りが減った和羽だけれど、それはゼミ内でのことで相変わらず自分からサークルに入るなどの積極的な交流は持とうとしていない。

「随分と魅力的な人だったようだね。妬《や》けてしまうな」

「あ、えっと、なんか話が合いそうだなって。本当にそれだけなんです。淳志さんが妬くようなことなんてありませんから」

焦る和羽に、城沢が小さく吹き出す。

「冗談だよ。意地悪を言ってすまない」

「もう、意地悪は止めて下さい！」

ぷうっと頬を膨らませると、城沢が楽しげに指で和羽の頬をつつく。

「縁があればまた会えるよ。君の話からすると、その彼はよく店に来ているようだし……」

「そっか、僕もまた行けば会える可能性はありますよね」

どうしてそんな簡単なことを思いつかなかったのだろう。妙案を得た和羽は、近いうちに実行に移そうと決める。

「次の休みは私もそのお店に行ってみようかな。和羽を笑顔にしてくれた方に会ってみたいからね」

——淳志さんと一緒に買い物。

嬉しくて和羽が微笑むと、城沢が首を傾げる。

「どうしたんだい和羽？」

「一緒に居られるって、こんなに幸せなことなんですね」

「そうだね。私も君と一緒に居て、とても幸せだ」

テーブル越しにどちらからともなく指を絡ませ、視線を合わせる。他愛のない、ごく平凡な日常がこんなにも愛《いと》おしい。

優しい日々が少しでも長く続きますようにと祈るような気持ちで、和羽は中腰になって身を乗り出し、城沢に触れるだけのキスをした。

あとがき

はじめまして、こんにちは。高峰あいすです。

ルチル文庫様からは、九冊目の本になります
まずはお礼から、書きたいと思います。

この本を手にとって頂いた、全ての皆様に感謝致します。

六芦かえで先生。今回も美麗で繊細なイラストを下さり、ありがとうございました！

担当のF様。どれだけ感謝と謝罪をしても足りません。色々とダメ駄目だったのに、根気よく励まして下さりありがとうございます。

発刊に携わって下さった全ての皆様、そして支えてくれた家族と友人に感謝致します。

今回のお話には、以前ルチル文庫様から出して貰った「許嫁のあまい束縛」の主人公達も、

少し（一人はかなり目立ってますが……）ゲスト出演しています。

相変わらずのドタバタいちゃいちゃな内容ですが、メインの二人が自分としては年齢が高めの設定だったので、落ち着いた雰囲気にしたつもりなのですが……どうでしたでしょうか？

と、書きつつ読み返してみたら城沢も岩井もかなりの甘党だと気が付きました。いや甘党でもいいんですけど（彼等の花嫁達も、甘い物好きですし）、もっとこう、格好いい料理（……って何だ？）が好きとか、そういう設定を付けたかったなと意味もなく後悔してます。

城沢は仕事の関係で女性好みのお店に行くから、必然的にスイーツ系の知識が豊富になったのでしょうけど、いつの間にか個人的にケーキ屋巡りとかしていそう。和羽は外食自体殆どしたことがないから、何処へでもにこにことついて行って気が付いたら甘党になってた……という感じですね。


このお話を書いている時に甘酒を栄養ドリンク代わりにしてたので、甘い物が頭から離れてくれないようです。それと冷やした麩まんじゅうに、麦茶は目が覚めます。

珍しく私事を書いたと思うと、大体食べ物かアニメの話になってしまいますね。もう少し世間の流れに沿った話題が出せれば良いのですが、最近は思いっきりインドアな生活をしているのでまずは外に出る事から始めないといけないようです。

そしてやっぱり、後書きは何度書いても難しいです。

悩んでも仕方がないので、思い切って書きます。もし高峰あいすに関して何か聞きたい事がありましたら、公式サイトからで構いませんので質問して下さい。本当に何を書いていいのやら未だに分からないんです。

それではまた、お目にかかれる日を楽しみにしています。

高峰あいす公式サイト　http://www.aisutei.com/

✦初出　ひみつの恋愛指導……………書き下ろし
花嫁達は交錯する……………書き下ろし

高峰あいす先生、六芦かえで先生へのお便り、本作品に関するご意見、ご感想などは
〒151-0051 東京都渋谷区千駄ヶ谷 4-9-7
幻冬舎コミックス　ルチル文庫「ひみつの恋愛指導」係まで。

幻冬舎ルチル文庫

ひみつの恋愛指導

2015年8月20日　第1刷発行

✦著者	高峰あいす　たかみね あいす
✦発行人	石原正康
✦発行元	株式会社 幻冬舎コミックス 〒151-0051 東京都渋谷区千駄ヶ谷 4-9-7 電話 03(5411)6431［編集］
✦発売元	株式会社 幻冬舎 〒151-0051 東京都渋谷区千駄ヶ谷 4-9-7 電話 03(5411)6222［営業］ 振替 00120-8-767643
✦印刷・製本所	中央精版印刷株式会社

✦検印廃止

ISBN978-4-344-83516-0　C0193　Printed in Japan

『言葉だけでは伝わらない』
高峰あいす
イラスト
桜庭ちどり
本体価格552円＋税